भारतीय भूतों की अजीब दास्ताँ

भाग-1

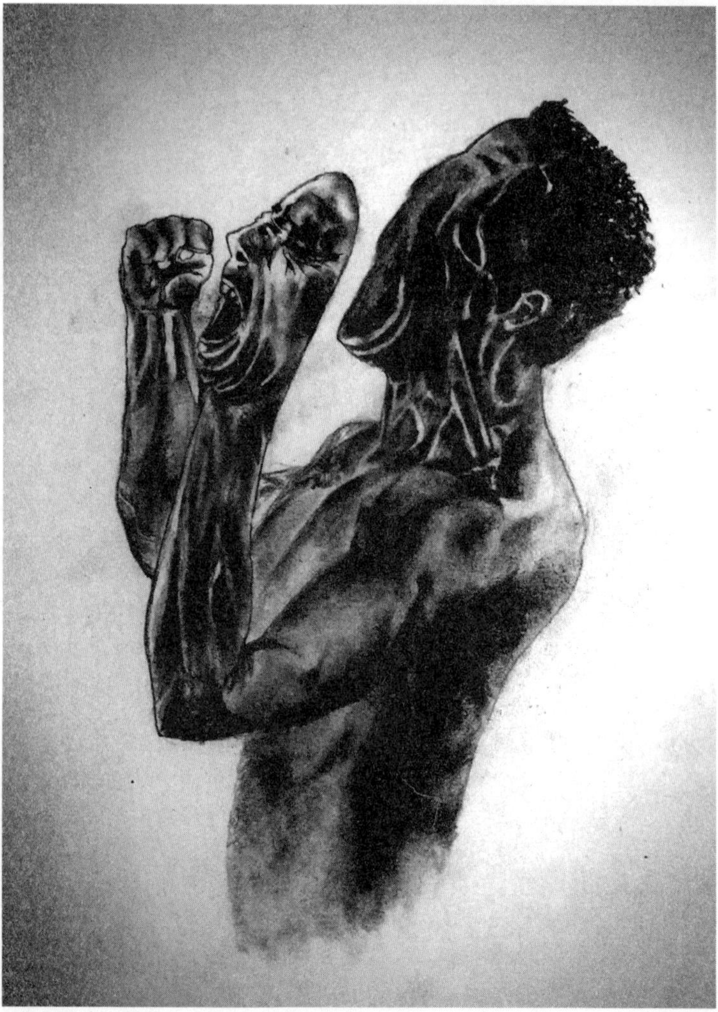

भारतीय भूतों की अजीब दास्ताँ

भाग-1

ऋकसुंदर बनर्जी

अनुवाद

शायक आलोक

UNBOUND SCRIPT

प्रथम संस्करण : 2022

अनबाउंड स्क्रिप्ट

ISBN : 978-93-92088-14-8

मूल्य : ₹199

प्रकाशक : अनबाउंड स्क्रिप्ट
एच-604, प्लॉट नं.-49
इन्द्रप्रस्थ एक्सटेंशन, दिल्ली–110 092
वेबसाइट : www.unboundscript.com
ई-मेल : books@unboundscript.com

मुद्रक : यश प्रिंटोग्राफिक्स
नोएडा, उत्तर प्रदेश

BHARTIYA BHOOTON KI AJEEB DASTAN-1
by Riksundar Banerjee
Translated by Shayak Alok
Illustrations by Raka Chowdhury

भूमिका

तुम्हारे दर्शन में जितनी कल्पनाएँ की गई हैं होरेशियो, स्वर्ग में और धरती पर उससे अधिक चीज़ें मौजूद हैं।

(हैमलेट, विलियम शेक्सपियर)

समय के इतिहास में एक जीवनकाल समुद्र में एक कंकड़ की तरह ग़ायब हो जाता है। हमारी मृत्यु के बाद क्या होता है? क्या हम इस अस्तित्व को हमेशा के लिए छोड़ देते हैं? सहस्त्राब्दियों से अज्ञात के भय ने मनुष्यों में मृत्यु के बाद के जीवन के सम्बन्ध में एक गहरा आकर्षण पैदा किया है। यह आकर्षण आमतौर पर भय से भरा होता है, हालाँकि अनंतकाल तक अभाग्य में ही भटकते रहने का विचार अधिक अर्थवान नहीं लगता। फिर भी, हमारे सांसारिक वृत्त को छोड़ने के बाद हमारी प्रतीक्षा करते अज्ञात अनंत के इस भय ने ही भूत-प्रेतों की अवधारणा को जन्म दिया है।

भय अत्यंत शक्तिशाली भावना है। यह हमारे दिन-प्रतिदिन के अनुभवों की मनोवैज्ञानिक व्याख्याओं से उत्पन्न होता है। विश्लेषण करने पर, हमारे लगभग सभी तरह के भय का स्त्रोत किसी अज्ञात में ही नज़र

आता है। जब भी हम किसी ऐसी घटना का सामना करते हैं जिसे हमारे मौजूदा ज्ञान और अनुभवों से समझाया नहीं जा सकता है, तो हम भय से अभिभूत हो जाते हैं। धार्मिक आस्थाएँ हमारे नश्वर कर्मों के आधार पर 'स्वर्ग' या 'नरक' के रूप में एक उत्तर-जीवन का आशावादी नज़रिया देती हैं। अनादि काल से चली आईं कितनी ही अवधारणाएं काल्पनिक हैं, लेकिन ये हमारी कल्पना को अपने पंख फैलाने का अवसर देती हैं। इस प्रकार, हमारे नश्वर अस्तित्व को घेरने वाली भूत-प्रेतों की कहानियाँ अज्ञात का सामना करने का रास्ता बन जाती हैं।

क्या भूत होते हैं? दुनिया भर में इस विषय पर अंतहीन अध्ययन और चर्चाएँ चलती रही हैं। सरल शब्दों में कहा जाए तो भूत जीवन-रहित प्राणी हैं जो भय उत्पन्न करते हैं। कभी-कभी वे ऐसे लोगों की आत्माएँ होते हैं, जो कभी जीवित थे। अन्य मामलों में, वे ऐसे जीव हैं जो ब्रह्मांड के भौतिक नियमों से परे हैं। इन अलौकिक प्राणियों का उल्लेख रामायण और महाभारत, तनख़ (हिब्रू बाइबिल), इजिप्शन बुक ऑफ़ द डेड, इलियड, ओडिसी आदि विभिन्न महाकाव्यों और ग्रंथों में पाया जाता है।

भूत-प्रेत की कहानियाँ लोक-कल्पना का हिस्सा रही हैं। पाँचवीं शताब्दी ईसा पूर्व के आसपास एस्किलस के शास्त्रीय ग्रीक नाटक ओरेस्टिया में भूतों के भौतिक प्रक्षेपण का मंचन किया गया था। यूरोपीय पुनर्जागरण के दौरान लुडविग लैवेटर द्वारा रचित एक किताब 'ऑफ घोस्ट्स एंड स्पिरिट्स, वॉकिंग बाय नाइट' नामक पुस्तक को कई बार पुनर्मुद्रित किया गया था। मिथकीय 'वन थाउजेंड एंड वन नाइट्स' में भी भूत-प्रेतों की कहानियाँ शामिल हैं।

बाद के युग में 1173 ई. के आसपास 'कोमटे एस्ट्रुच' नामक ड्रैकुला अत्यंत लोकप्रिय हुआ और भय का पर्याय बना। कैटलन पौराणिक

कथाओं के अनुसार, जादू-टोना के ख़िलाफ़ लड़ते हुए कोमटे एस्ट्रुच की मृत्यु हुई थी। मध्यकालीन ब्रिटेन में जादू-टोना काफ़ी प्रचलित था। कहा जाता है कि 'एग्नेस—वाइज़ वाइफ ऑफ़ केथ' उन चुड़ैलों में से एक थी जिसने नॉर्थ बर्विक विच ट्रायल, 1590* के दौरान ईस्ट लोथियन ऑफ़ स्कॉटलैंड को आतंकित किया था। बाद में, ब्रिटेन के भूत-प्रेत के क़िस्सों में 'ब्राउन लेडी ऑफ़ रेनहैम हॉल' अत्यंत लोकप्रिय हुई, जब कंट्री लाइफ पत्रिका के फ़ोटोग्राफरों ने 1835 में यह दावा किया कि उन्होंने इस लेडी की एक तस्वीर खींची है।**

यूरोप के अन्य क्षेत्रों में 'वैम्पायर' की अवधारणा—जो आज भी लेखकों और फिल्म निर्माताओं के बीच एक सनसनी पैदा करती है—पहली बार हंगरी में उभरी। जर्मनी का भूत 'पोल्टरगाइस्ट', जो कोलाहल करता है और तेज़ शोर के साथ वस्तुओं को इधर-उधर फेंकता है, ने कई आधुनिक फ़िल्मों में स्थान पाया। 'बैंशी' नामक आयरिश आत्माओं के बारे में कहा जाता है कि परिवारों में होने वाली मौतों से ठीक पहले वे भयानक रूप में नज़र आती हैं। मध्य युग के दौरान, संपूर्ण यूरोप में 'गोब्लिन' नामक एक 'मॉन्स्टर' का मिथक व्यापक चर्चित हुआ। रोएँदार छोटे शरीरों वाले ये शरारती जीव, स्वर्ण पाने के अपने लोभ के लिए बदनाम हैं और कई बार जादुई शक्तियाँ भी रखते हैं।

'ज़ोम्बी' नामक प्रेतों की अत्यंत लोकप्रिय अवधारणा का उदय हैती की लोककथाओं से हुआ। ज़ोम्बी जादुई रूप से पुनर्जीवित मनुष्य की लाश माने जाते हैं, जो ताज़े माँस के लिए अतृप्त भूख रखते हैं।

जहाँ तक भारतीय पौराणिक भूत-प्रेतों की बात है, इनका उल्लेख

---

* थॉमस थॉमसन, *द हिस्ट्री एंड लाइफ ऑफ किंग जेम्स द सेक्स्ट*, एडिनबर्ग, 1825, पृष्ठ 241

** कंट्री लाइफ मैगज़ीन, 26 दिसंबर 1936

ऋग्वेद जैसे प्राचीन भारतीय पवित्र ग्रंथों से ही शुरू हो जाता है, जहाँ इनकी कई श्रेणियाँ पाई जाती हैं। भारतीय इतिहास में पाए जाने वाले इन पौराणिक जीवों में से अधिकाधिक का वर्णन यहाँ इन किताबों में किया गया है।

साहित्य, सिनेमा, नाटक, पेंटिंग आदि ने हमेशा सामाजिक संरचनाओं का प्रतिनिधित्व करने में महत्त्वपूर्ण भूमिका निभाई है। उल्लेखनीय रूप से, इन सभी विधाओं में भूत-प्रेत या अलौकिक प्राणियों ने किसी न किसी रूप में अपनी उपस्थिति दर्ज की है। स्वाभाविक रूप से, उनकी विशेषताएँ उन भौगोलिक, सांस्कृतिक और लौकिक स्थानों से प्रभावित रही हैं जहाँ वे कथित रूप से अस्तित्व में लाए गए। लेकिन फिर भी, विश्व के किसी भी हिस्से में वे पाए जाते हों, उनके बीच अजीब समानताएँ मौजूद रही हैं।

'वर्ग' की परिभाषा समय के साथ विकसित हुई है। मध्ययुग के दौरान, यह वर्गीकरण समाज में किसी व्यक्ति को सौंपी गई व्यावसायिक भूमिका पर आधारित था। नतीजतन, प्राचीन कथाओं ने अक्सर अलौकिक प्राणियों को भी प्रचलित सामाजिक पदानुक्रम की तहों के भीतर ही एक प्रकार की दर्पण छवि, या कहें प्रेत छवि में रखा गया। यही कारण है कि अलौकिक दुनिया में दैत्यों, पिशाचों, प्रेतों, राक्षसों या आत्माओं का अपना निश्चित पदानुक्रम है जो मानवों और देवताओं के साथ अपना स्थान ग्रहण करते हैं। आत्माओं की दुनिया के इस पहलू का विस्तृत अन्वेषण इस पुस्तक के दायरे से बाहर है लेकिन निश्चित रूप से यह एक उल्लेखनीय पहलू है।

समय के साथ, मनुष्यों ने महसूस किया कि मृतकों की संख्या हमेशा जीवितों से अधिक होगी। किसी के न रहने से जो रिक्तता बनती है, उसे भरना असंभव है। लेकिन मृत्यु के बाद जो बेचैनी और अस्पष्टता उत्पन्न

होती है, वह उन मृतकों की कहानियों में सामने आती है, जो हमारे बीच भूत बनकर लौटते हैं। ऐसे कई संभावित कारण हो सकते हैं जिनकी वजह से ये अलौकिक आकृतियाँ जीवित लोगों की कल्पना में प्रवेश करती हैं। उदाहरण के लिए, कोई व्यक्ति जिसे अपने जीवनकाल में उत्पीड़ित किया गया हो, वह न्याय पाने के लिए वापस आ सकता है। पूरे इतिहास में समाज में हाशिए पर रहे वर्गों के लोगों के साथ क्रूर अन्याय हुआ है। संभव है इसी से कनिपिशाची जैसी दुष्ट आत्माओं के बारे में किंवदंतियों का उदय हुआ, जो विशेष रूप से अपने उत्पीड़ित 'वर्ग' के लिए न्याय की माँग करती हैं। गौरतलब है कि उत्तर भारत की डायनी के साथ कथित निचली जाति, काली चमड़ी वाली स्त्रियों के साथ, हुई क्रूरता का प्रतिशोध लेने का संदर्भ जुड़ा हुआ है। सदियों से महिलाओं के उत्पीड़न और उनकी पीड़ा ने भूत-प्रेतों की कहानियों के सबसे बड़ी संचित निधियों में से एक को जन्म दिया है। इससे स्पष्ट होता है कि साहित्य और फ़िल्मों में इतनी सारी स्त्री भूत क्यों देखने को मिलती हैं। पूरे इतिहास में, सभी संस्कृतियों में स्त्रियों को वंचित, प्रताड़ित और पीड़ित किया गया है। पितृसत्ता के साथ ही सामाजिक बंधनों ने भी स्त्रियों को भारी प्रभावित किया है। भारतीय संस्कृति में एक पूरा दौर (अठारहवीं शताब्दी तक) ऐसा भी रहा जब एक पुरुष की कई पत्नियाँ हो सकती थीं। इन पत्नियों की मुख्य भूमिका तब तक बच्चों को जन्म देते रहने की थी जब तक कि उनके शरीर अंततः हार न मान लें। स्वाभाविक रूप से, भूतों की ऐसी असंख्य कहानियों की उत्पत्ति हुई जहाँ मृत्यु को प्राप्त हुईं गर्भवती, प्रसूता या यौन शोषण की शिकार कोई स्त्री भूत-प्रेत के रूप में लौट आती है। चाहे वह शंखचुन्नी हो या चिरोगुनी। दिल को दहला देने वाली ये आत्माएँ उन स्त्रियों की ओर से प्रतिशोध के लिए उत्पन्न हुई हैं, जिन्हें ज़िंदा रहते

प्रताड़ित किया गया था। पेटनी या किचिन जैसी अविवाहित महिलाओं की आत्माओं के बारे में प्रचलित किंवदंतियाँ इसलिए भयकारी हैं, क्योंकि वे जीवित व्यक्तियों से भीषण यौन संतुष्टि की माँग कर सकती हैं। यौन इच्छाओं ने अक्सर भूतों को नश्वर दुनिया में वापस लौट आने का रास्ता ढूँढ़ने के लिए प्रेरित किया है। यहाँ तक कि 'सुपुरुष' जैसे कुछ पुरुष भूत भी यौन सम्बन्ध बनाने के प्रयास के लिए जाने जाते हैं। इसके साथ ही, केवल स्त्री आत्माएँ ही प्रतिशोध की तलाश में रहने वाली आत्माओं के रूप में अवतरित नहीं हुईं। वास्तव में, अधिकांश अशान्त प्रेत ऐसे हैं, जो उन लोगों से प्रतिशोध लेने की इच्छा रखते हैं जिन्होंने जीवित रहते हुए उन पर अत्याचार किया या उनकी हत्या कर दी।

भारत में यक़ीनन भूत-प्रेतों की किसी और देश से अधिक श्रेणियाँ पाई जाती हैं, क्योंकि सामान्य तथ्य यह है कि भारतीय समाज निश्चित रूप से पृथ्वी पर सबसे अधिक विविध है। यहाँ प्रत्येक उप-समुदाय की एक विशिष्ट पूजा-पद्धति, संस्कृति एवं जीवन-शैली पाई जाती है। नश्वर संसार जैसी यही स्थिति आत्मा की दुनिया के भी साथ है। हमारे समाज के अधिकांश समुदायों के अपने विशिष्ट भूत, आत्माएँ और अन्य मरे हुए जीव हैं। हालाँकि, इनमें आपसी समानताएँ भी हैं, जो आश्चर्यजनक नहीं है, क्योंकि भारत के सभी समूहों में समानता का एक तत्व मौजूद है। भूत-प्रेतों की दुनिया का एक दिलचस्प तथ्य यह है कि वे उसी समाज का प्रतिबिंब होते हैं, जिससे वे उत्पन्न होते हैं। जब स्थिरता, शान्ति, समानता और बंधुत्व हमारे समाज से सबसे अधिक संबद्ध प्रवृत्तियाँ बन जाएँगी, तब सभी द्वेषी आत्माएँ स्वयं ग़ायब हो जाएँगी। हमारे दुःस्वप्नों का समाधान स्वयं हमारे अंदर है।

यह पुस्तक किसी भी तरह से संपूर्ण नहीं है, लेकिन इसमें देश के

हर हिस्से से भूतों का प्रतिनिधिक नमूना शामिल है। अपने वर्षों के शोध के दौरान मुझे प्रकाशित साहित्य में भूतों के बारे में बहुत सारी सामग्री मिली, लेकिन मुझे जो सबसे दिलचस्प सामग्री मिली वह भूत-प्रेतों की दुनिया की मौखिक कहानियों में थी। इस पुस्तक में प्रस्तुत चित्र पहले से मौजूद उन रेखाचित्रों के आधार पर बनाए गए हैं जो मेरे शोध के दौरान मेरे सामने आए। इनमें से कुछ उन स्थानीय लोगों द्वारा प्रदान किए गए विवरण के अनुसार तैयार किए गए हैं, जिनका मैंने साक्षात्कार किया था। मेरे भूतों के अध्ययन के दौरान जो एक अन्य दिलचस्प पहलू मेरे सामने आया, वह था बंगाली साहित्य और संस्कृति में असमान रूप से बड़ी संख्या में भूतों का होना। मेरा निष्कर्ष, निश्चित रूप से, इस तथ्य से जुड़ा हो सकता कि चूँकि मैं बंगाली हूँ और बंगाल में रहता हूँ, इसलिए बंगाली संस्कृति, साहित्य और समाज तक नैसर्गिक रूप से अधिक पहुँच और अंतर्दृष्टि रखता हूँ। संभव है इसका बंगाल के निकट इतिहास से भी सम्बन्ध हो जहाँ प्लासी की लड़ाई से लेकर अठारहवीं शताब्दी तक और उसके बाद की सदियों में भी हिंसा की घटनाएँ होती रहीं। भारत के अन्य भागों ने भी इतिहास में भीषण हिंसा का अनुभव किया है और इन भागों की अनूठी भूत-प्रेतों की कहानियों पर शोध करने वाले किसी व्यक्ति को सुनने में मेरी दिलचस्पी होगी।

इस पुस्तक के लिए मैंने क्षेत्रीय भाषाओं में, विशेष रूप से बंगाली में उपलब्ध विभिन्न पुस्तकों से भूत-प्रेतों की कहानियों का संग्रह किया है। इसमें मैंने उन भूतिया मुठभेड़ों की पुनर्कल्पना भी की है जिनसे मेरा सामना बचपन में—जब मैं भूत-प्रेतों और उनकी दुनिया के प्रति बेहद सम्मोहन रखता था, पुस्तक मेले से ख़रीदी गई और रात भर पढ़ी गई किताबों में हुआ था, और जो मेरे शोध के दौरान स्थानीय लोगों द्वारा

मुझे सुनाई गई कहानियों और लोक कथाओं में प्रकट हुए थे। भूत-प्रेतों की दुनिया के साथ मेरे इस शाश्वत आकर्षण ने अंततः मुझे इस विषय पर पी-एच.डी. करने के लिए भी प्रेरित किया, और फिर इस विषय पर किताबें लिखना एक स्वाभाविक प्रगति ही थी। बंगाली भाषा में कुछ कृतियों के बाद अंग्रेज़ी में यह मेरी पहली किताब है। जिसका हिंदी अनुवाद दो भागों में प्रकाशित हो रहा है। यह पहला भाग है। इसके साथ दूसरा भाग भी पढ़ें। मैं आशा करता हूँ कि यह किताब आपको कुछ सिहरन और रोमांच प्रदान करेगी।

कोलकाता **—रिकसुंदर बनर्जी**

1 मार्च 2021

क्रम

आयेरी

स्टीफन को खीझ हो रही थी। उसका गाइड और बंगले का केयरटेकर जिम्मी अभी तक उसके सब अभियानों में साथ रहा था। आरंभ में इस अनजान हिल स्टेशन से उसे रू-ब-रू कराने में वही उसका मददगार था। उसने यहाँ के लैंडस्केप के कुछ बेहतरीन शॉट्स लिए थे जो पत्रिका के कवर के लिए काफ़ी अच्छे थे। लेकिन जिम्मी उसकी फोटोग्राफिक रुचियों के बारे में लगातार कुछ न कुछ पूछता रहता था और यह सब अब इतना बढ़ गया था कि इसे सँभालना बर्दाश्त से बाहर हो रहा था।

क़रीब हफ़्ते भर बाद की बात है, जब उसे संदेह हुआ, यह महज एक संयोग था या जिम्मी सच में उस पर नज़र रख रहा था! उसके इस व्यवहार से परेशान होकर वह दिन में बमुश्किल ही घर से बाहर निकलता था। एक दिन दोपहर में स्टीफन ने सोने का बहाना किया। जिम्मी कमरे में आया, नज़र डाली कि क्या वह वाकई में सो रहा है और फिर बाज़ार के लिए निकल गया। स्टीफन तुरंत उठा और अपने बड़े से बैगपैक, जिसे वह हमेशा तैयार रखता था, को लेकर पिछले दरवाज़े से बंगले से बाहर

निकल गया। वह अब तक रास्ते पहचानने लगा था और पहाड़ लगभग ढक लेने वाले जंगल की गहराई में आगे बढ़ता गया। अँधेरा बढ़ रहा था और यही उसके काम के लिए सबसे उपयुक्त समय था। वह एक सही जगह पर तब तक इंतज़ार करता रहा जब तक उसे अपने रास्ते में आता हुआ एक हिरन का बच्चा नहीं दिख गया। उसने निशाना साधा और ट्रिगर दबा दिया।

अँधेरे में हिरण की खाल निकालना मुश्किल था, लेकिन वर्षों के अभ्यास से स्टीफन ने अपना काम जल्दी ही निपटा लिया। हिरण की खाल को अपने बैग में रखने के बाद वह बंगले पर लौट आया जहाँ जिम्मी उसका इंतज़ार कर रहा था। पिछले दरवाज़े पर खड़ा वह चुपचाप स्टीफन को अंदर आते देखता रहा। उसी रात को बाद में जब स्टीफन सोने की तैयारी कर रहा था तब जिम्मी उसके पास आया और बोला, 'कृपया हमारे जानवरों को मत मारिए, सर! मैं पहले दिन से यह बात जानता हूँ कि आपको शिकार करने में दिलचस्पी है। हर साल हम लोग आप जैसे कई शिकारियों को यहाँ आसपास देखते हैं। लेकिन हम अपने जानवरों की रक्षा करते हैं; कृपया उन्हें मत मारिए।'

'तुम जानते हो कि अगर तुम थोड़े भी होशियार होते तो कितना पैसा कमा सकते थे? दुनिया के इस हिस्से में बहुत सारे दुर्लभ जानवर हैं। क्या तुम्हें मालूम है कि उनकी खाल कितने में बिकती है या उनके सींगों की कीमत क्या है?'

'यह उनके जीवन से तो अधिक नहीं हो सकता न, सर?' जिम्मी ने जवाब दिया और तेज़ी से कमरे से बाहर निकल गया।

स्टीफन को बहुत ग़ुस्सा आ रहा था। इस जंगल में दुनिया में सबसे दुर्लभ प्रजाति के जानवर मौजूद थे। वह समझ नहीं पा रहा था कि लोग इतने मूर्ख कैसे हो सकते हैं कि उनका शिकार कर मुनाफ़ा कमाने के

मौक़े गँवा देते हों। लेकिन वह निश्चित रूप से अपना मौक़ा नहीं गँवाने वाला था।

अगली सुबह स्टीफन की नींद कुत्ते के भौंकने की आवाज़ से खुली। वह बाहर निकलकर पिछले बरामदे में गया तो देखा जिम्मी एक कुत्ते को खंबे से बाँध रहा था। जिम्मी द्वारा उसे रोकने के ऐसे प्रयास पर उसे हँसी आ गई। वह चीते और भालुओं का शिकार कर चुका है और ये लोग सोच रहे हैं कि उसे एक कुत्ते से रोकने में कामयाब हो जाएँगे! उस दोपहर जब वह जंगल जा रहा था तो जिम्मी बस उसे शांत देखता रहा।

इस बार स्टीफन ने जंगल के दूसरी तरफ़ जाना तय किया जो बेहद शांत और सघन था। उसने एक जगह चुनी और साँस रोककर प्रतीक्षा करने लगा। यह ज़रूर उसका भाग्यशाली दिन रहा होगा, क्योंकि उसे अपनी ओर एक लाल पांडा आता हुआ दिखा। बिना आवाज़ किए उसने अपनी बंदूक उस पर तान दी।

अचानक, भौंकने की एक तेज़ आवाज़ ने जंगल का सन्नाटा तोड़ दिया। ध्यान भटकते ही स्टीफन का निशाना चूक गया। उसने आसपास नज़र उठाकर देखा तो पांडा भाग चुका था। ग़ुस्से में आकर उसने भौंकने की दिशा में बंदूक तानकर गोली चला दी। अँधेरे में आवाज़ पर गोली चलाने का उसे वर्षों से अनुभव था और इस बार उसका निशाना ख़ाली नहीं गया। भौंकने की आवाज़ एक तेज़ चीख में बदल गई, फिर किसी जानवर और किसी आदमी के भागते क़दमों की आवाज़ सुनाई पड़ी। स्टीफन पीछे लौटा तो उसके चेहरे पर संतोष की मुस्कान थी और उसने उम्मीद की कि इन बेवक़ूफ़ों ने अब अपना सबक सीख लिया होगा।

तभी उसे फिर भौंकने की आवाज़ सुनाई पड़ी। ख़ुद-ब-ख़ुद उसका हाथ उठा और उसने आवाज़ की दिशा में अपनी बंदूक तान दी। वह कुछ

दूरी पर चार या पाँच कुत्तों से घिरी एक मानव आकृति को देख सकता था। उस छायादार प्रकाश में वह कुत्तों की पहचान तो नहीं कर सका, लेकिन भौंकने की उनकी कर्कश आवाज़ से प्रकट था कि वे शिकारी कुत्ते थे। उनकी चमकीली आँखें अँधेरे में चमक रही थीं जिससे उनका पूरा झुंड और भी भयानक लग रहा था।

कुत्तों का झुंड धीरे-धीरे स्टीफन की ओर आगे बढ़ा। स्टीफन डरा, लेकिन उसने अपनी बंदूक उन कुत्तों पर ताने रखी। कुत्तों का बीच-बीच में भौंकना भी जारी था। जैसे ही वे और क़रीब आए, उसने गोली चलाने का फ़ैसला किया।

गोली चलने के बाद जंगल में एक पल के लिए जैसे पूरा सन्नाटा पसर गया। कुत्तों का झुंड बौखलाकर अब और ज़ोर-ज़ोर से भौंकने लगा और तेज़ी से आगे बढ़ने लगा। स्थिर खड़े होकर, स्टीफन ने फिर से गोली चलाई, और फिर एक गोली और चलाई। इस बार उसने कुत्तों के साथ आए उस इंसान पर अपनी बंदूक तान दी और गोली चला दी, लेकिन इससे भी झुंड नहीं रुका। हार मानकर वह जंगल की दूसरी ओर और भीतर की तरफ़ भागा। उसे अपने पीछे आते कुत्तों की आवाज़ साफ़ सुनाई पड़ रही थी। उसने लगातार उन पर गोलियाँ बरसानी जारी रखी, लेकिन झुंड को आगे बढ़ने से नहीं रोक सका। आख़िरी चीज़ जो उसे याद रही, वह थी पन्ना जैसी हरी आँखें, जो उसके बहुत पास आ चुकी थीं। उनके साथ ही वह आदमी खड़ा था और शायद उसकी आँखें भी हरी चमक रही थीं...

आयेरी की विशेषताएँ

- आदमी का रूप धारण कर सकता है। उसके साथ कुत्तों का एक झुंड रहता है।
- शिकारियों पर हमला करता है।
- जब शिकारियों की शिकार के दौरान मृत्यु हो जाती है तो वे आयेरी में बदल जाते हैं।
- उन्हें शिकारियों का ध्यान भटकाने और डराने के लिए जाना जाता है।
- हिमालय क्षेत्र में इनके क़िस्से प्रचलित हैं।

आदम भेड़िया

'आदम भेड़िए' के बारे में दुनियाभर में कई किंवदंतियाँ और क़िस्से मौजूद हैं। इन्हें अंग्रेज़ी में 'वेरवुल्फ़' और भारत में 'आदम भेड़िया' के नाम से जाना जाता है। मिथक और लोककथाओं में आमतौर पर यह वर्गीकृत करना कठिन होता है कि कौन सी मूल कहानी पहले आई, लेकिन चूँकि मध्य युग में यूरोपीय पौराणिक कथाओं में वेरवुल्फ़ की मौजूदगी पहले दर्ज की गई थी, इसलिए यह अनुमान लगाया जा सकता है कि आदम भेड़िए की कुछ विशेषताएँ पश्चिमी वेरवुल्फ़ से मिलती–जुलती हैं। इसका मुख्य कारण भौगोलिक हो सकता है। गर्म मौसम के कारण भारत में बहुत कम ऐसे इलाक़े हैं, जहाँ वेरवुल्फ़ ज़िंदा रह सकते हैं। स्वाभाविक रूप से इन दुष्टात्माओं की कहानियाँ इनके प्राकृतिक निवास, यानी हिमालय की बर्फ़ीली पहाड़ियों के आसपास सुनने को मिलती हैं। भेड़िए परंपरागत रूप से भारत में सबसे ख़तरनाक जानवर नहीं माने जाते और उनके झुंड में शिकारी भी शामिल होते हैं। लेकिन फिर भी आदम भेड़िया की रहस्यमय प्रकृति और उनके अदम्य शारीरिक

व्यवहार ने भेड़िये में बदलने वाले आदमी के बारे में भयावहकारी क़िस्सों को जन्म दिया है।

आदम भेड़िये की उत्पत्ति और विशेषताएँ वेरवुल्फ़ से मेल खाती हैं। ऐसा माना जाता है कि उन्होंने अगर किसी को काट लिया या उसे खरोंच लिया तो वह आदमी भी आदम भेड़िये में बदल जाता है। वे केवल पूर्णिमा की रात को इन भयावह शैतानों में बदलते हैं। चूँकि उनका पूरा शरीर एक विशाल भेड़िये में रूपांतरित होता है, उनके दाँत बड़े नुकीले दाँतों में बदल जाते हैं और उनके नाख़ून नुकीले पंजों में तब्दील हो जाते हैं। माना जाता है कि इनके शरीर का आकार आम इंसान या आम भेड़िये से काफ़ी बड़ा होता है। पूर्णमासी की रातों में वे अपार शक्ति पा लेते हैं और जंगलों में शिकार करते हैं। भेड़ियों की तरह वे भी सर ऊपर उठा 'हुआं...' करते हैं और एक-दूसरे के हुआं पर प्रतिक्रिया देते हैं।

अगर आदम भेड़िया किसी व्यक्ति पर हमला करता है तो वह उसे खा भी सकता है। यदि काटे जाने के बाद किसी प्रकार वह बच निकले तो वह भी पूर्णिमा की रात को आदम भेड़िये में बदल जाता है। अपने मानव रूप में उन्हें पूर्णिमा की रात के रूपांतरण की कोई स्मृति नहीं रहती और जब वे आदम भेड़िये के रूप में होते हैं तो उन्हें अपने मानव जीवन की कोई बात याद नहीं रहती। पूर्णिमा की अवधि के समाप्त होते ही वे मानव रूप में लौट आते हैं और जंगल में कहीं पड़े मिलते हैं। इसके अगले कुछ दिनों तक वे कमज़ोरी और पीड़ा महसूस करते हैं। हालाँकि, उन्हें उनके मानव दिनों में भी उतना ही ख़तरनाक माना जाता है क्योंकि वे अपने आसपास के लोगों पर हमला कर सकते हैं। धीरे-धीरे वे समाज का हिस्सा बनना बंद कर देते हैं और मानव रूप में भी जंगलों में भटकने लगते हैं। मिथक यह भी है कि लंबे समय तक इन हिंसक

जीवों में परिवर्तित होते रहने वाले मानवों की आवाज़ कठोर होने लगती है और मानव रूप में भी उनके अंदर माँस और रक्त की लालसा पैदा होने लगती है।

माना जाता हैं कि आदम भेड़िया का जीवन काफ़ी लंबा होता है। वे अमर होते हों या नहीं, यह स्पष्ट नहीं है। न ही यह मालूम है कि उन्हें कैसे मारा जा सकता है। जिन देशों में वेरवुल्फ़ की कहानियाँ प्रचलित हैं, उनमें से प्रत्येक में उन्हें वश में करने या मार गिराने के अलग-अलग उपाय बताए गए हैं। भारत में ऐसा माना जाता है कि वे जिस जंगल में रहते हैं, उसके किसी पेड़ की लकड़ी से बने नुकीले भाले जैसे हथियार को उनके दिल में उतार कर उनका आतंक ख़त्म किया जा सकता है। इसके तुरंत बाद फिर उनके शरीर को जलाना भी पड़ता है।

यह किसी सामान्य मानव जीवन के लिए एक भयानक अभिशाप के रूप में आता है क्योंकि इससे प्रोफेसर ल्यूपि [हैरी पॉटर की कहानी में एक चरित्र] जैसा एक भला व्यक्ति भी हर माह एक घातक शैतान में बदल सकता है और ख़ुद के साथ-साथ अपने आसपास के लोगों के लिए भयानक यंत्रणा का कारण बन सकता है।

आदम भेड़िया की विशेषताएँ

- वेरवुल्व्स के समान।
- अधिकांश समय सामान्य मनुष्य के रूप में मौजूद रहता है।
- पूर्णिमा की रात को अर्द्ध-मानव और अर्द्ध-भेड़िया के शैतानी रूप में बदल जाता है।
- जब कोई आदम भेड़िया किसी मानव को काट लेता है तो वह भी आदम भेड़िया बन जाता है।

बगोवा भूत

हमारी आँखें और कान भी अक्सर हमें धोखा दे देते हैं, लेकिन तब भी हम उन पर ज़रूरत से ज़्यादा ही भरोसा करते हैं। अक्सर हमारे सामने की दुनिया, वैसी होती नहीं, जैसी हमें नज़र आती है।

रहस्मय घटनाओं की दुनिया असंख्य प्रकार के अंधविश्वासों और मान्यताओं से घिरी होती है। सुंदरवन डेल्टा के निवासी, जो सुदूर जंगल में पाई जाने वाली मधुमक्खियों के छत्ते से शहद निकालकर अपना जीवनयापन करते हैं, कई तरह के स्थानीय भूतों में विश्वास करते हैं। इन जंगलों में बाघ और मगरमच्छों का वास है और वहाँ की हवा चारों ओर घूमती अतृप्त आत्माओं की मछली-सी गंध से भरी होती है।

शहद निकालने वाले इन लोगों की एक बड़ी संख्या अनिवार्य रूप से कुख्यात आदमखोर बाघों का ग्रास भी बनती रहती है। बहुत से लोग मानते हैं कि ऐसे लोगों की आत्माएँ पृथ्वी पर तब तक भटकती रहती हैं, जब तक कि उनकी नश्वर इच्छाएँ पूरी नहीं हो जातीं। बाघों द्वारा उनके शरीर को खा जाने के बाद भी उनकी आत्माएँ बची रहती हैं और बगोवा

भूत के रूप में मुक्ति की प्रतीक्षा करती रहती हैं।

ख़ून की प्यासी ये आत्माएँ जंगल में घूमती रहती हैं, इंसानों का शिकार करती हैं। गाँवों में घूमने लगती हैं और तब तक दहाड़ती हैं, जब तक कि घरों की दीवारें काँपने न लगें। वे उस बाघ का आकार और रूप धर लेती हैं, जिसने उन्हें मारा था।

इस क्षेत्र की लोककथाओं में बगोवा भूत के बारे में कई कहानियाँ प्रचलित हैं। उनमें से एक कहानी कुछ यों है :

हरिन नाम का एक आदमी अपने साथी कामगारों के साथ दलदल की ओर गया था। जब वे लोग शहद के एक छत्ते को उतार रहे थे, तब हरिन रसोई के लिए सूखी लकड़ी चुनने दूसरी ओर आगे बढ़ा। अन्यमनस्क सा वह कुछ आगे चला ही था कि पेशाब की हल्की गंध ने उसका ध्यान खींचा। उसने महसूस किया कि आसपास एक बाघ है और उसकी जान को खतरा है। तुरंत ही वह पीछे मुड़ा और अपने समूह की ओर दौड़ पड़ा, लेकिन उसका प्रयास व्यर्थ गया।

किसी को हरिन का कोई सुराग़ नहीं मिला। उसकी पत्नी 'बाघ बिधवा' हो गई। समाज की लोकरीति के अनुरूप उसे अपने तीन भूखे बच्चों के साथ अकेला छोड़ दिया गया। हरिन के सबसे बड़े बेटे जमाल को बहुत कम उम्र में ही अपने पिता की जगह लेनी पड़ी। जमाल ने लकड़ियाँ और शहद इकट्ठा करना सीख लिया।

एक दिन की बात है पूरा जंगल शोर से भर गया; पक्षी ज़ोर से चहकने लगे, बंदर चिल्ला रहे थे और हिरण इधर-उधर भागने लगे। एक बाघ नज़र आ रहा था। लोगों ने देखा कि पीले शरीर पर काली धारियों वाला एक बड़ा बाघ खूँखार तरीक़े से जमाल को घूर रहा था। अचानक

कहीं से एक और विशालकाय बाघ उस बाघ के सामने आ खड़ा हुआ और इतनी ज़ोर से दहाड़ मारी कि ज़मीन काँप उठी। नए बाघ ने हमलावर बाघ को मार भगाया, फिर जमाल की ओर बढ़ा और उसे पूरी नज़र एक बार देखते हुए घने जंगल में ग़ायब हो गया।

जिन लोगों ने यह चमत्कार देखा, यही माना कि हरिन ही बगोवा भूत बन अपने बेटे को बचाने आया था। आज भी यह माना जाता है कि हरिन अपनी पत्नी और बच्चों की सुरक्षा सुनिश्चित करने के लिए गाँव के चक्कर लगाता है।

बगोवा भूत की विशेषताएँ

- यह बाघ का रूप धारण करता है।
- यह बाघ द्वारा मार दिए गए मनुष्य की आत्मा है।
- यह सुंदरवन डेल्टा में पाया जाता है।

बायंगी

कुछ आत्माओं को मनुष्यों का ग़ुलाम बनाने के लिए वश में किया जा सकता है। बायंगी एक भूत है जो पैसे के बदले काम करता है। उन्हें अक्सर कोंकण क्षेत्र के काला जादू करने वाले लोगों द्वारा कुटिल उद्देश्यों के लिए बुलाया जाता है।

अमावस्या के दिन नारियल के खोल के अंदर बायंगी को क़ैद किया जा सकता है। इच्छुक ख़रीदार काला जादू करने वालों से बायंगी की उपस्थिति वाले इस नारियल की ख़रीद कर सकते हैं।

इसके बाद ख़रीदार को नारियल को अपने घर के किसी सुदूर कोने में रखना होता है, जहाँ किसी और की नज़र उस पर न पड़े। तांत्रिक उसे बताता है कि भूत को कौन से प्रसाद चढ़ाए जाएँ और सात साल की अवधि के बाद उसे कैसे मुक्त किया जाए।

बायंगी क़ैद होने के बावजूद अपने मालिक के लिए भारी मात्रा में धन लाता है और उसके आस-पड़ोस के सभी लोगों को गरीब बना देता है। वास्तव में, यह काला जादू पड़ोसियों का धन खींचकर उसे बायंगी

के मालिक के घर में इकट्ठा कर देता है।

लेकिन हर बार जब लोग एक स्वतंत्र आत्मा को उनकी सेवा करने के लिए मजबूर करते हैं, तो आत्मा भी एक बड़ी कीमत की माँग करती है जिसे पैसे से नहीं चुकाया जा सकता है।

बायंगी की सेवाओं का लाभ उठाने का दूसरा पहलू यह है कि लोग आसानी से धन के आदी हो जाते हैं। सात साल की अवधि पूरी होने के बाद भी कोई भी बायंगी को मुक्त नहीं करता है। इसके तुरंत बाद बायंगी बेचैन हो जाता है और नराज़गी दिखाने लगता है।

हालाँकि बायंगी के कारण संचित धन तो बना रहता है, लेकिन मालिक के क़रीबी लोग धीरे-धीरे एक-एक कर मरने लगते हैं, घनिष्ठ लोग घातक बीमारियों की चपेट में आ जाते हैं और प्रियजन दूर जाने लगते हैं।

ऐसे कई उदाहरण हैं जहाँ संयुक्त परिवारों में भाई-बहन के बीच दूरी बढ़ गई या उनकी संतान पागल हो गई या जहाँ पति या पत्नी ने आत्महत्या कर ली—अनिवार्य रूप से ये दुखद घटनाएँ उस व्यक्ति के सफल होने के बाद हुईं। ऐसे सभी मामलों में संदेह है कि लोगों ने बयांगी को ग़ुलाम बनाया था और उन्हें सात साल से अधिक समय तक क़ैदी बनाए रखा था।

बायंगी की विशेषताएँ

- प्रारंभ में एक मददगार भूत।
- काले जादू से संबंधित।
- मालिक के लिए समृद्धि लाता है और सात साल से अधिक समय तक रखे जाने पर पारिवारिक त्रासदी उत्पन्न करता है।

बेशो भूत

कहा जाता है कि बेशो भूत भारत के पूर्वी हिस्से में पाए जाते हैं। वे बाँस के झुरमुट में रहने वाले भूत हैं। वे प्राण हरने वाले भूत के रूप में लोकप्रसिद्ध हैं और उन्हें बेहद शरारती भी माना जाता है। बंगाल में उन्हें बेशो भूत के रूप में जाना जाता है, जबकि असमिया उन्हें 'डौला' कहते हैं।

बाँस की शाखाएँ लचीली होती हैं और झाड़ियों के रूप में फैलती हैं। वे हवा में झूलती रहती हैं और कुछ ज़मीन पर उलझी हुई फैली रहती हैं। ग़लती से भी कोई इनकी किसी एक गिरी हुई शाखा पर पैर रख दे कि बेशो भूत सीधे सामने आ खड़े होते हैं। माना जाता है कि भूत ही शाखाओं के उलझे होने और झटके से हिलने का स्वाँग रचते हैं और फिर प्रकट हो जाते हैं।

बेशो भूतों के बारे में कई अफ़वाहें और लोककथाएँ हैं जो एक वृहत भूभाग में फैली हैं। उनकी कई कहानियों में से यह एक कहानी बंगाल के बीरभूम ज़िले के गाँवों में सुनाई जाती है :

किसी गाँव में एक क्रोधी आदमी रहता था। वह कभी अन्य ग्रामीणों के

साथ घुलता-मिलता नहीं था, कभी भी गाँव के किसी आयोजन में भाग नहीं लेता था, कभी बच्चों को अपने आँगन में खेलने की इजाज़त नहीं देता था, और कभी भी दूसरों के साथ दुर्व्यवहार का कोई मौक़ा छोड़ता नहीं था। पूरे गाँव में एक भी व्यक्ति ऐसा नहीं था जो उसे पसंद करता हो और बच्चे उससे डरते थे।

एक शाम उसे बाँस की कुछ शाखाओं की ज़रूरत थी, लेकिन चूँकि वह कभी भी किसी के पैसे नहीं चुकाता था, इसलिए कोई भी उसे बाँस बेचने के लिए तैयार नहीं हुआ। इसलिए उसने रात के अँधेरे में पड़ोसी के बँसवारी से चुपके से बाँस काट लेने का फ़ैसला किया। जैसे ही उसने एक सही आकार के बाँस को ज़मीन पर पड़े हुए देखा, वह उसे उठाने के लिए आगे बढ़ा। अचानक वह बाँस उछलकर खड़ा हो गया जिससे वह घायल हो गया।

वह आदमी भौंचक्का रह गया और असहनीय दर्द से कराहने लगा। तभी बाँस की झाड़ी से किसी के हँसने और ताली बजाने की आवाज़ आई और फिर उसने समझा कि वह बेशो भूत की शरारत का शिकार हुआ है।

उसी क्षण वह आदमी पूरी तरह से बदल गया। वह सामाजिक आयोजनों के लिए सबसे बड़ा दानी बन गया और उसने गाँव के बच्चों के लिए एक खेल का मैदान भी बनवाया। गाँव वाले आश्चर्यचकित थे कि ऐसा क्षुद्र आदमी अचानक बदल कैसे गया। एक दिन किसी समारोह की तैयारी करते समय ग्रामीण बाँस की टहनियों से मंच बना रहे थे तब वह आदमी राम-राम जपता हुआ भागने लगा।

ग्रामीणों को ऐसी किसी भी बीमारी के बारे में पता नहीं था जिसके लक्षणों में बाँस का डर शामिल हो। वे समझ गए कि उस आदमी का पाला बेशो भूत से पड़ा होगा।

बेशो भूत की विशेषताएँ

- बँसवारी में वास।
- बेहद शरारती; घातक भी हो सकता है।
- पूर्वी भारत में पाया जाता है।

ब्रह्मदैत्य

विकास और उसके दोस्त निराश थे कि उन्हें ग्रामीण इलाक़े में स्थित एक कॉलेज में जाना पड़ेगा। उनमें से किसी को भी शहर के किसी अच्छे कॉलेज में प्रवेश नहीं मिल सका था। बस्ती के रूप में उभर रहा यह सुदूर गाँव स्पष्ट रूप से उनके लिए निराशाजनक था क्योंकि यह उनकी कल्पना से बिल्कुल अलग था।

कुछ ही वर्षों में इस गाँव के बुनियादी ढाँचे में काफी बदलाव आया था। कॉलेज का निर्माण शुरू होते ही कई लोग कामकाज के लिए यहाँ चले आए थे और कुछ ने आस-पास नए व्यवसाय शुरू कर दिए थे। जब तक कॉलेज बनकर तैयार हुआ, तब तक यहाँ एक नया स्ट्रीट मार्केट उभर चुका था और बड़े शहरों से माल की आपूर्ति नियमित रूप से होने लगी थी। नए चिकित्सा केंद्रों की स्थापना हुई और आवागमन को आसान बनाने के लिए पक्की सड़कों का निर्माण किया गया। इन सभी नए विकास कार्यों से ग्रामीणों का साधारण दैनिक जीवन अस्त-व्यस्त हो गया, लेकिन यह सब बेहतरी के लिए ही था। नए निर्माण कायों और

सड़कों के लिए तालाबों को भर दिया गया, पुरानी इमारतों को ध्वस्त कर दिया गया और पुराने पेड़ काट दिए गए। गाँव के बुजुर्ग इससे ख़ुश नहीं थे, लेकिन युवा पीढ़ी भविष्य को लेकर उत्साहित थी।

कॉलेज के छात्र गाँव के बाहरी इलाक़े में स्थित एक स्थानीय इमारत में रहते थे, जो कॉलेज से दस मिनट की पैदल दूरी पर था। थोड़ी शहरी संस्कृति लाते हुए छात्रों ने स्थानीय क्लब को मिलने-जुलने और शाम को कुछ खाने-पीने और मस्ती करने की जगह में बदल दिया था। गाँव के बड़े-बुजुर्ग इसके ख़िलाफ़ थे, लेकिन उनकी शिकायतों से बेपरवाह लड़के अपनी मनमर्ज़ी करते रहे।

एक दूसरी जगह जहाँ वे समय गुज़ारते थे और खाते-पीते थे, वह बेल के पेड़ के नीचे की जगह थी। मुख्य सड़क इस पेड़ के पास आकर मुड़ जाती थी। लड़के सड़क बनाने वालों की मूर्खता पर हँसते थे कि वे पेड़ को काटकर और सड़क को सीधा रखकर बहुत सारा पैसा और समय बचा सकते थे। कॉलेज के लड़कों की गतिविधियों के बारे में हमेशा शिकायत करने वाले बुजुर्गों में से एक पाल बाबू क्रोधित हुए जब उन्होंने जाना कि लड़के इस पेड़ के नीचे खाते-पीते हैं—"तुम लड़कों की इतनी हिम्मत कि इस पवित्र पेड़ के नीचे शराब पीते हो? जानते भी हो कि वहाँ कौन रहता है? मुखर्जी बाबू! इस गाँव के ब्रह्मदैत्य।"

जवाब में लड़के ठहाके मारकर हँस पड़े।

"बहुत बढ़िया दादू, मुखर्जी दादू का भी स्वागत है। हमारे पास रम की एक अतिरिक्त बोतल है," विकास ने नशे में कहा।

"भगवान के लिए! क्या तुम्हारे मन में बड़ों के लिए या मृतकों के लिए कोई सम्मान नहीं है? मुखर्जी बाबू बड़े उदार व्यक्ति थे। उन्होंने इस गाँव की स्थापना की और कई लोगों को ज़मीन दिलाने में मदद की।

दुर्भाग्य से, असमय उनकी मृत्यु हो गई, लेकिन वे अभी भी हम पर नज़र रखते हैं। तभी तो वे इस बेकार सड़क का निर्माण करते हुए भी इस पेड़ को काट नहीं सके।"

"ओह प्लीज़, हम भी इस उद्धारकर्ता से मिलना और शायद उसके साथ एक सेल्फी लेना चाहेंगे।" इस व्यंग्य के साथ ठहाका गूँज उठा।

पाल बाबू नाराज़ होकर वहाँ से चले गए। वे समझ गए कि इन अड़ियल मूर्खों के साथ बहस करना व्यर्थ है। हॉस्टल लौटने के पूरे रास्ते विकास और उसका गैंग इस क़िस्से पर हँसी-मज़ाक करते रहे। लेकिन बाद में उन लड़कों में से एक पीला पड़ गया। उसने धीरे से कहा कि उसने लकड़ी के खड़ाऊँ की आहट सुनी, लेकिन किसी को देखा नहीं। एक अन्य लड़के ने कहा कि उसने देर रात लकड़ी के खड़ाऊँ पहने और सफ़ेद शॉल ओढ़े किसी को घूमते देखा था। गैंग का नेता विकास इस बात पर बहुत चिढ़ा कि उसके साथी कितनी आसानी से डर गए। उसने कहा कि आज रात जागकर पता लगाएगा कि क्या चक्कर है। इसमें कोई कठिनाई भी नहीं हुई; वे उस रात के बारे में हँसी-मज़ाक करते रहे और आधी रात बीत गई। विकास और दो अन्य लड़के इमारत के पिछवाड़े में एक निचली दीवार के पीछे वहाँ झुक कर बैठ गए जहाँ ब्रह्मदैत्य को देखा गया था।

और फिर अचानक उन्होंने देखा कि लकड़ी की खड़ाऊँ पहने एक धुंधली आकृति चली आ रही थी। उसने धोती पहन रखी थी और उसके चेहरे और शरीर के चारों ओर एक सफ़ेद शॉल लपेटा हुआ था। उसके चलने से खड़ाऊँ के खट-खट की आवाज़ सुनाई पड़ रही थी। वह इमारत के क़रीब तक चलता हुआ आया, फिर लौट गया, फिर चलता हुआ आया, जैसे टहलने के लिए निकला हो।

विकास कूदकर सामने निकला, फिर अन्य लड़के भी निकल आए। उन्होंने देखा कि आकृति रुक गई है और वे उसकी ओर दौड़े। आकृति भागने लगी, लेकिन उसके पैर उसकी धोती से उलझ गए और वह गिर पड़ी। ज़ोर-ज़ोर से हँसते हुए लड़कों ने शॉल खींची तो सेन बाबू को पाया। वे उन बुजुर्गों में से एक थे जो लड़कों के गिरोह पर टीका-टिप्पणी करते थे। लड़कों को तो मज़ा ही आ गया। लज्जित और घबराए हुए से सेन बाबू ने खड़े होने की कोशिश की। लेकिन विकास ने मज़ाक उड़ाते हुए फिर उन्हें धक्का दे दिया। सेन बाबू सिर के बल गिर पड़े। लड़के उनकी धोती खींचने लगे। वे अपनी इज़्ज़त बचाने के लिए जितना संघर्ष कर रहे थे, लड़कों को उतना ही मज़ा आ रहा था।

खट-खट-खट-खट! तभी फिर आवाज़ आई। लड़कों की रीढ़ में एक सनसनाहट फैल गई। उन्हें एक लंबी आकृति गुज़रती हुई नज़र आई जिसने अपने नंगे बदन पर जनेऊ, नीचे धोती और पाँव में खड़ाऊँ पहन रखी थी। वह एक झलझलाती छाया की तरह नज़र आ रही थी; उसके शरीर से एक मद्धम, सफ़ेद चमक निकल रही थी। इसकी उपस्थिति में कुछ ऐसा था कि लड़के बेहोशी महसूस करने लगे। एक अजीब, गर्म उजाले ने उनके दिलों को भर दिया था।

तब से स्थानीय लोगों और कॉलेज के छात्रों के बीच कोई टकराव नहीं हुआ और तीन साल बाद उन लड़कों ने अच्छे अंकों के साथ अपनी पढ़ाई पूरी कर ली।

ब्रह्मदैत्य की विशेषताएँ

- एक परोपकारी आत्मा।
- बहुत शक्तिशाली लेकिन आम तौर पर लोगों की मदद करने के लिए अपनी शक्तियों का उपयोग करता है।
- गाँवों/घरों का सतर्क रक्षक।
- हमेशा धोती और खड़ाऊँ पहनता है और खुले बदन पर जनेऊ धारण करता है।
- कभी-कभी सर के पीछे चुटिया भी होती है।
- वह अविवाहित ब्राह्मण युवक का भूत होता है जिसका ज्ञान और सम्मान उसके जीवित वय के स्तर का होता है।
- प्राय: उस स्थान की निगरानी में सहायता करता है जहाँ उसका वास होता है।
- कभी-कभी लोगों की सहायता करता है या उन्हें वरदान प्रदान करता है।
- उसे बेल वृक्ष की शाखाओं पर देखा जा सकता है।

ब्रह्मराक्षस

ब्रह्मराक्षस को हिंदू पौराणिक कथाओं में सबसे शक्तिशाली दुष्ट आत्माओं में से एक माना जाता है। शास्त्रों के अपने ज्ञान का दुरुपयोग करने वाले किसी अनिष्टकारक ब्राह्मण की मृत्यु पर ये दुष्ट आत्माएँ उत्पन्न होती हैं। ऐसे ब्राह्मणों की आत्माएँ अपने जीवन में किए गए पापों के दंड के रूप में भूलोक पर ही अटकी रहती हैं।

ब्रह्मराक्षस का रूप भयावह होता है और वे आमतौर पर पेड़ों से उलटे लटके हुए पाए जाते हैं। उनकी विकृत मुखाकृति होती है और सर पर दो घातक सींग होते हैं।

वेदों और पुराणों के ज्ञान से संपन्न ब्रह्मराक्षस वरदान दे सकते हैं और लोगों को भौतिक लाभ प्रदान कर सकते हैं। वे राक्षसों या शैतानों के गुणों से भी शापित हैं, क्योंकि वे मनुष्यों का भक्षण करते हैं। केवल कुछ लोग ही ब्रह्मराक्षस को पराजित कर सकते हैं। अगर उन्हें उकसाया जाए तो ये इंसानों को राख के ढेर में भी बदल सकते हैं।

मध्य और दक्षिण भारत में ब्रह्मराक्षसों की पूजा की जाती है। कुछ

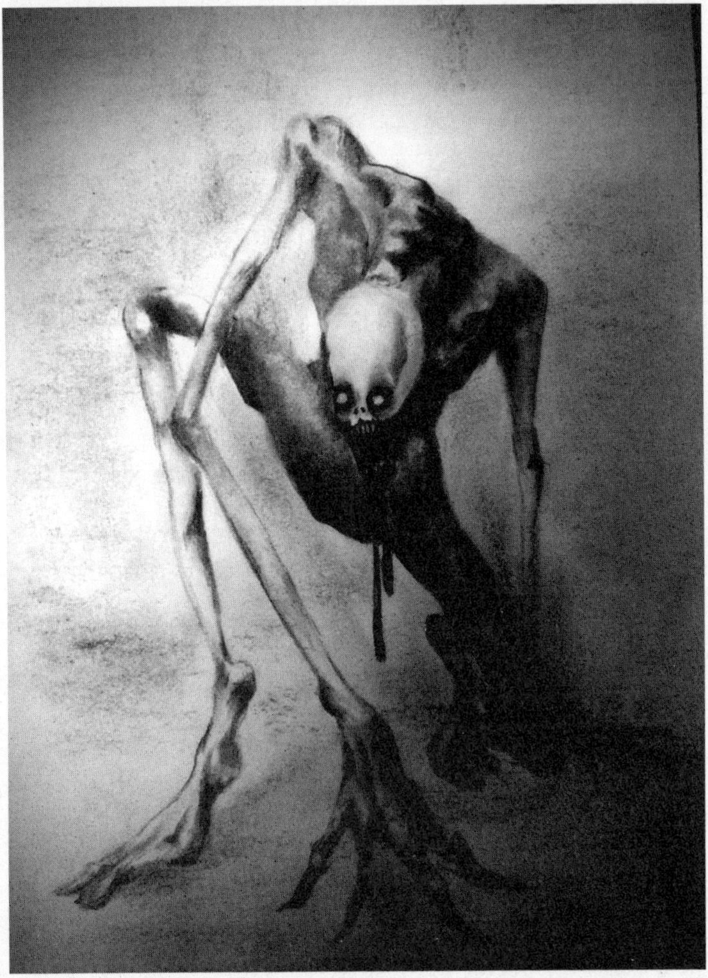

जगहों पर बिल्डर निर्माण-कार्य शुरू करने से पहले इन आत्माओं को प्रसाद चढ़ाते हैं। केरल में इन्हें समर्पित एक मंदिर भी है।*

हिंदू संस्कृति और संस्कृत साहित्य से प्रभावित थाईलैंड और कंबोडिया जैसे देशों में भी ब्रह्मराक्षस के संदर्भ पाए जाते हैं। वहाँ इन आत्माओं के प्रति श्रद्धांजलि के रूप में घरों के पास एक लघु मंदिर रखने की स्थानीय संस्कृति है।**

लोकप्रिय संस्कृति में, अभी हाल ही में 2014 की एक हॉरर हिंदी फिल्म 'क्रिएचर 3D' में एक यति जैसे ब्रह्मराक्षस को अपने उग्र रूप में दिखाया गया था, हालाँकि यह प्रस्तुति इसकी पौराणिक उत्पत्ति के निरूपण में विफल रही।

ब्रह्मराक्षस की विशेषताएँ

- यह ऐसे ब्राह्मण की आत्मा है जिसने धार्मिक ग्रंथों का दुरुपयोग किया हो।
- मानव को आशीर्वाद दे सकते हैं, लेकिन उनके लिए घातक भी हो सकते हैं।
- दक्षिण-मध्य एशिया के कुछ हिस्सों में इनकी पूजा की जाती है।

---

* कोट्टायम में स्थित थिरुनक्कारा शिव मंदिर में ब्रह्मराक्षस को समर्पित एक अलग मंदिर है।

** Sir Charles Elit, *Hinduism and Buddhism : An Histrical Sketch,* Lndn: Rutledge & Kegan Paul, 1921.

चण्ड

चण्ड एक अलौकिक जीव है जिसकी उत्पत्ति की एक अनूठी कहानी है। यह भूत अन्य भूतों की तरह 'नैसर्गिक' नहीं है; यह किसी की मृत्यु पर उत्पन्न नहीं होता है; देवता इसकी उत्पत्ति नहीं करते। यह मनुष्यों द्वारा उत्पन्न किया गया है।

बायंगी की तरह (अध्याय 4 देखें) चण्ड की उत्पत्ति भी भारत के पूर्वी हिस्से में बंगाल से लेकर असम तक काला जादू करने वाले लोगों द्वारा की गई है। चण्ड की उत्पत्ति की प्रक्रिया बेहद विचित्र है। सर्वप्रथम एक युवा ब्राह्मण बालक की हत्या की जाती है। फिर, फूल या मानव अस्थियों जैसी विभिन्न छोटी वस्तुओं का उपयोग कर आत्माओं का अनुष्ठानों करने वाले 'गुनी' इस मृत शरीर से एक हड्डी चुनते हैं और काला जादू के अभ्यास से मायावी चण्ड नामक एक प्रेत उत्पन्न करते हैं। सभी गुनियों के पास इस अनुष्ठान की पर्याप्त शक्ति नहीं होती; केवल कुछ सबसे कुशल गुनी जो अपनी इस गुप्त विद्या के प्रति पर्याप्त रूप से समर्पित होते हैं, आसपास की अन्य आत्माओं से बाधित हुए बिना

संपूर्ण अनुष्ठान को संपन्न कर सकते हैं। चण्ड किसी गुनी की शक्ति और प्रभाव को अलौकिक स्तर तक बढ़ा सकते हैं। यदि कोई गुनी एक चण्ड की उत्पत्ति में सफल हो जाता है तो वह न केवल उसे अन्य गुनियों से श्रेष्ठ बना देता है, बल्कि उसे अपने आस-पास के भूतों की क्रियाओं और ठिकाने के बारे में नियंत्रण और ज्ञान भी प्रदान करता है।

'चण्ड' संज्ञा लंबे समय से प्रयोग में है। पुराणों में चण्ड और मुण्ड नामक असुरों का वध करने के लिए देवी को चामुण्डा पुकारा गया है।

चण्ड की विशेषताएँ

- गुनियों द्वारा सृजित दुष्ट आत्मा।
- सामने पड़ने पर घातक हो सकते हैं।
- पूर्वी भारत में पाए जाते हैं।

दाग

मोहन ने घृणा से बूढ़े व्यक्ति के चेहरे पर काग़ज़ का टुकड़ा फेंक दिया। असहाय सा महसूस करते हुए वह सोचने लगा कि यहाँ पर व्यवस्था स्थापित करने के लिए क्या किया जा सकता है। उसने कल्पना भी नहीं की थी कि ये बूढ़े, अशिक्षित किसान इतने निडर होंगे। वे जब भी मोहन के पास, जो इस भूमि का एस्टेट मैनेजर था, फसल लेकर आते, उनका वजन हमेशा अपेक्षा से कम ही होता। संदेह करते हुए, मोहन ने अपने गार्डों की निगरानी में एक बार खेतों में फसल का वजन कराने और फिर गोदाम में उनका वजन कराने का फ़ैसला किया। जैसा उसे अनुमान था, दोनों जगह एक सा वजन नहीं पाया गया।

मोहन जानता था कि एस्टेट मैनेजर का काम कठिन होता है। अनुशासन बनाए रखने के लिए उसे कठोर भी होना पड़ता था। ज़रूरत पड़ने पर उसे चाबुक इस्तेमाल करने की भी सलाह दी गई थी। अब तक उसने इसका इस्तेमाल नहीं किया था, लेकिन शायद इसका समय आ गया था। खीझा हुआ सा वह एस्टेट बंगले में अपनी पत्नी और दो बेटों

के पास लौटा, जिन्होंने पूरे दिन उससे एक शब्द भी कहने की हिम्मत नहीं की थी। शाम में उसने खेतों के एक हिस्से का दौरा करने का फ़ैसला किया जहाँ ट्रैक्टर के ट्रेलर पर फसलों को लोड किया जा रहा था।

लोडिंग की पूरी प्रक्रिया के दौरान उसने तौल मशीन पर कड़ी नजर रखी और ख़ुद ही फॉर्म भरा। संतुष्ट होकर वह ट्रैक्टर के साथ स्टोर रूम की ओर आगे बढ़ा।

'कृपया फसलों को ज़मीन पर छोड़ दें, मालिक।'

एक पतला बूढ़ा आदमी उसके रास्ते में खड़ा था। मोहन ने उसे पहचान लिया। वह उन किसानों में से एक था जिन्हें कुछ महीने पहले दंडित किया गया था। कुछ महीनों के लिए उसकी मासिक मज़दूरी रोक दी गई थी और मोहन के कुछ नरम पड़ने से पहले कई दिनों तक उसके पूरे परिवार को भूखा रहना पड़ा था। एस्टेट मैनेजर को यूँ खुलेआम चुनौती देने की उसकी हिम्मत कैसे हुई?

'और मुझे ऐसा क्यों करना चाहिए?'–मोहन ने पूछा।

'दया कीजिए, मालिक। यह हम सभी को तबाह कर देगा। आपको उपज में से कुछ हिस्सा दाग के लिए छोड़ना ही होगा।'

'फिर वही भूत की बात! जान लो, यह एस्टेट तुम्हारी भूत की कहानी से अधिक डरावना हो सकता है।'

'नहीं, मालिक। भला हो आपका।'

इतना कहकर वह रास्ते से हट गया। गोदाम में फसलों का भार खेत में लिये गये भार के बराबर था और मोहन को संतुष्टि हुई। उसने पूरे महीने यही तरीक़ा आजमाया। हालाँकि सभी खेतों का ख़ुद दौरा करना उसके लिए थकाऊ था, लेकिन महीने के अंत के परिणाम इतने संतोषजनक थे कि यह मेहनत सफल सिद्ध हुई। महीने के आख़िरी दिन वह ख़ुश होकर

घर लौटा। उसने एक शानदार डिनर के लिए अन्य व्यंजनों के साथ अपने पसंदीदा पेड़े भी ख़रीदे थे। लेकिन खाने की मेज पर उसकी पत्नी ने कहा कि किराने के सामान में पेड़े तो नहीं हैं। क्रोधित होकर मोहन स्वयं सामान देखने के लिए रसोई में गया, लेकिन सच में पेड़े नहीं थे!

अगली सुबह वह एस्टेट के कामकाज के बारे में फाइलों और रिपोर्टों से भरे एक बॉक्स के साथ एस्टेट मालिक के साथ बैठक के लिए गया। लेकिन जब वह पहुँचा तो पाया की फाइलों का एक सेट ही ग़ायब था। शाम को जब उसकी कार गोदाम पहुँची तो देखा कि एक गोदाम में आग लग गई है।

'आपको दाग को उसका हिस्सा देना चाहिए था मालिक। अब यह आपको तबाह कर देगा!'–एक गोदाम कर्मचारी ने रोते हुए कहा।

गोदाम के कर्मचारियों ने आग बुझाने की पूरी कोशिश की, लेकिन कोई फ़ायदा नहीं हुआ। अन्न भंडार पूरी तरह से जल गया। निराश होकर मोहन ने नुक़सान का रिकॉर्ड बनाया और घर लौट गया, जहाँ उससे भी बुरी ख़बर उसका इंतज़ार कर रही थी। उसका एक बेटा लापता था।

उसकी पत्नी यह सूचना उसे देते रोने लगी। मोहन जानता था कि उसे खोजने का कोई मतलब नहीं है। वह सीधे गाँव की ओर निकल पड़ा। उसने सोचा कि उसे केवल खेतों में जाने के बजाय इन घरों को पहले देखना चाहिए था। झोपड़ियाँ कितनी दयनीय लग रही थीं; उसने महसूस किया कि ये लोग वास्तव में गरीब थे। हो सकता है कि वे हमेशा उतने ही असहाय रहे हों जितना वह अभी महसूस कर रहा था।

उसने सभी के साथ एक बैठक बुलाई और घोषणा की कि वह दाग को श्रद्धांजलि के रूप में एक खेत की फसल सौंप रहा है। वहाँ से जो भी कटाई हुई है, उसे गोदाम ले जाने की आवश्यकता नहीं है। उसने कुछ

बुज़ुर्गों को बुलाया और उस खेत की ओर चल पड़ा। लगभग शाम हो चुकी थी और उसे किसी शरीर की छाया लेटी हुई नज़र आई। उसका लापता बेटा उस खेत में सो रहा था।

दाग की विशेषताएँ

- एक प्रकार का खेत दानव।
- कटाई के बाद फसल के एक हिस्से की माँग करता है।
- केवल उन लोगों को नुक़सान पहुँचाता है जो फसलों से उसका हिस्सा देने से इनकार करते हैं।
- उत्तर प्रदेश में पाया जाता है।

डामोरी

डामोरी अलौकिक प्राणी हैं, जिनके बारे में माना जाता है कि ये नश्वरों और आत्माओं के बीच के आयाम में पाए जाते हैं। वे कुछ हद तक परियों और जादुई बौनों के समान होते हैं, लेकिन अन्य दूसरे मामलों में उनसे अलग होते हैं। वे एक अदृश्य और अज्ञात आयाम से उत्पन्न होते हैं। तांत्रिक दर्शन में, विशेष रूप से बंगाल से असम तक विस्तृत क्षेत्र में, डामोरी के बारे में कहा जाता है कि उनका अपने आयाम में कोई भौतिक आकार नहीं होता, लेकिन जब वे हमारी दुनिया में आते हैं तो वे शारीर धारण कर सकते हैं। तंत्र साधना के उत्साही विद्वान अपने गाँवों से असम के कामरूप कामाख्या मंदिरों में भूत डामोर नामक विधि का उपयोग कर काला जादू सीखने और दुष्ट अलौकिक शक्तियों की अराधना के लिए जाते हैं। देवताओं और पवित्र आत्माओं का आह्वान करने के लिए प्रयुक्त मोहा डामोर और कुलार्णव विधियों के विपरीत भूत डामोर का उपयोग नियंत्रण में आने योग्य बुरी आत्माओं और जोगिनी, जोकजिनी, किन्नोरी, अपशोरी(अप्सरा), भुतिनी और ऐसी अन्य अर्द्ध-देवियों को

आमंत्रित करने के लिए किया जा सकता है। भूत डामोर का जाप करके वे अंततः एक डामोरी को आमंत्रित करते हैं। सभी प्रकार के नापाक उद्देश्यों की पूर्ति के लिए ये डामोरी तांत्रिक के नियंत्रण में रहते हैं।

काला जादू और तंत्र साधना का अभ्यास विशेष रूप से पूर्व और पूर्वोत्तर भारत के गाँवों में प्रचलित रहा है। तांत्रिकों के अलावा, अघोरी, कापालिक, कबीराज जैसे अन्य काला जादू करने वाले भी पाए जाते हैं। काला जादू का अभ्यास करने वाले ये लोग डामोरी जैसी आत्माओं के माध्यम से लोगों को नुक़सान पहुँचा सकते हैं और उनकी जान भी ले सकते हैं। अपने शिकार की जान लेने का एक सामान्य तरीक़ा 'बाण मारा' अनुष्ठान का आयोजन है, जिससे इसके शिकार ख़ून की उल्टी करते हुए मारे जाते हैं।

डामोरी की विशेषताएँ

- मानव और आत्मा के बीच के आयाम में वास करते हैं।
- डामोरी से सामना आमतौर पर प्राणघातक होता है।
- तांत्रिकों और काला जादू का अभ्यास करने वाले अन्य साधकों द्वारा निर्दिष्ट पीड़ित की हत्या के लिए इन्हें आमंत्रित किया जा सकता है।
- मुख्य रूप से बंगाल और असम के गाँवों में इनके क़िस्से प्रचलित हैं।

डंड

दुनिया भर में सररहित घुड़सवारों की कहानियाँ सुनने को मिलती हैं। कई संस्कृतियों में उन्हें ऐसे वीर-साहसी सेनानियों के रूप में जाना जाता है, जिन्होंने भीषण युद्धों में अपनी जान गँवाई, लेकिन अपनी जान गँवाने के बाद भी हमारी रक्षा के लिए आज भी बने हुए हैं। भारत के अलग-अलग हिस्सों में इनके कई नाम हैं। उत्तरी भारत में उन्हें डंड के नाम से जाना जाता है, और मिर्जापुर में उन्हें बघेसर या टाइगर लॉर्ड के नाम से जाना जाता है। कुछ मिथकों के अनुसार डंड कुरुक्षेत्र के युद्ध में लड़ने वाले बहादुर सैनिकों की भटकती आत्माएँ हैं।

डंड दिखने में शानदार होते हैं। वे कवच धारण करते हैं, उनके हाथ में एक बड़ी घातक तलवार होती है और वे हमेशा घोड़े की सवारी करते हुए देखे जाते हैं। डंड अपना सर अपने साथ लिए चलते हैं, लेकिन उनका सर उनके धड़ से जुड़ा हुआ नहीं होता। वे उनकी तलवार की मूँठ से बँधे होते हैं।

किंवदंतियों के अनुसार डंड अभी भी उन जगहों पर घूमते रहते हैं

जहाँ वे कभी मध्यरात्रि में पहरा देते थे और ज़रूरत पड़ने पर लड़ने और आश्रितों की रक्षा करने के लिए तैयार रहते हैं।

डंड की विशेषताएँ

- योद्धा प्रेत जो घोड़े पर सवार होता है और उसके एक हाथ में तलवार होती है।
- आम तौर पर परोपकारी होते हैं।
- प्राय: सिररहित होते हैं।

ऐकथेनो

यह कहानी एक ऐसे गाँव की है जहाँ सभी गाँव वालों की एक अनोखी आदत थी। हर बार जब वे गाँव के किनारे स्थित बँसवारी से गुज़रते थे तो वे एक पैर पर तब तक कूदते हुए आगे बढ़ते थे जब तक कि बँसवारी से सुरक्षित आगे न निकल आएँ। उनका कहना था कि इसकी शुरुआत कई साल पहले एक लड़के की कहानी से हुई।

बिल्टू और उसके दोस्त दोपहर बाद का अपना समय उस मैदान में बिताते थे जो कि बँसवारी के दूसरी तरफ़ था। पारंपरिक खेल खेलने के बजाय उन्होंने अपने कुछ खेल बना लिए थे। एक खेल जो उन्हें बेहद पसंद था, वह था ईंटों को एक के ऊपर एक रख देना और उसके ऊपर कूदना। जो कोई भी सबसे ऊँचे ढेर को कूद सकता था, वही खेल जीतता था। बिल्टू हमेशा इस खेल में जीत जाता।

इस खेल का सब खिलाड़ियों पर गहरा प्रभाव पड़ा। एक बार बिल्टू के सबसे बड़े प्रतिद्वंद्वी प्रतीक ने उसे हराने का एक अतिसाहसिक प्रयास किया और लड़खड़ा कर गिर गया। सब उस पर ख़ूब हँसे। बिल्टू को

जब भी प्रतीक के लड़खड़ाने और ज़मीन पर गिरने का वह दृश्य याद आता, वह अपनी हँसी नहीं छुपा पाता। प्रतीक का पैर टूट गया था और वह फिर नज़र नहीं आया।

फिर कुछ समय बाद एक दिन जब लड़के अच्छी ईंटों को चुनकर मैदान के एक कोने में सुरक्षित रख रहे थे तो उन्हें किसी की लाठी की ठक-ठक की आवाज़ सुनाई पड़ी। प्रतीक आ रहा था। एक लाठी के सहारे चलता हुआ वह उनके पास आया और उनकी ओर देख मुस्कुराया। कुछ लड़कों ने उसके साहस की प्रशंसा की और उसका स्वागत किया, लेकिन बिल्टू और उसके क़रीबी दोस्त इससे ख़ुश नहीं हुए।

'तू यहाँ क्यों आया है, लँगड़े? क्या फिर छलाँग लगाना चाहता है?'–बिल्टू ने ताना मारा।

'इतना चिढ़ने की ज़रूरत नहीं है, बिल्टू। मुझे पता है कि तुमने उस दिन ढेर में टूटी हुई ईंटें लगा दी थी; मैं तुम्हारे पीछे नहीं आया, है न?' प्रतीक ने उत्तर दिया।

'अरे! क्या तुम एक टाँग से कूदते हुए मेरा पीछा करने की सोच रहे हो?'

बिल्टू के इस तीखे व्यंग्य पर सभी हँस पड़े। प्रतीक का चेहरा अपमान से लाल हो गया। उसने विरोध करने की जितनी कोशिश की, गिरोह ने उसका उतना ही मज़ाक उड़ाया। उन्होंने उसे छेड़ा कि ज़रा चलकर दिखा। वह रो ही पड़ने वाला था और वहाँ से जाने लगा। लेकिन बिल्टू उसे इतनी आसानी से कहाँ छोड़ने वाला था। उसने प्रतीक की लाठी छीन ली और उसे तोड़ दिया। लड़खड़ाते हुए प्रतीक ने किसी तरह एक पैर पर खड़े होने की कोशिश की। एक पैर पर कूदते हुए किसी प्रकार गिरते-पड़ते वह मैदान पार कर गया और नज़रों से ओझल हो

गया। लगभग अँधेरा होने तक गिरोह के लड़के इस पूरे प्रसंग पर हँसी-मज़ाक करते रहे; यह उनकी अब तक की सबसे मज़ेदार दोपहरों में से एक थी!

बिल्टू सबके जाने के बाद अंत में घर के लिए चला। पूरे रास्ते वह मुस्कुराता रहा। चूँकि अँधेरा हो गया था, उसे कुछ चिंता भी हुई कि लोग उस पर ध्यान देंगे कि वह देर से घर लौट रहा है। बँसवारी को पार करते उसने अपनी गति बढ़ा दी थी। ज़मीन पर के सूखे पत्तों से खरखराहट की आवाज़ सुनाई पड़ी।

वह एक और आवाज़ भी सुन सकता था। धम-धम की एक आवाज़ उसका पीछा कर रही थी, जैसे पत्तों पर कोई भारी चीज़ गिर रही हो। वह रुक गया। दो बार और आवाज़ आई, फिर बंद हो गई। बिल्टू ने चारों ओर देखा, लेकिन कुछ दिखाई नहीं पड़ा। जैसे ही वह फिर आगे बढ़ा, फिर आवाज़ आई। उसे कुछ घबराहट हुई कि कोई उसका पीछा कर रहा है। कम से कम शोर करते हुए वह दबे पाँव आगे बढ़ा। लेकिन आवाज़ तेज़ ही होती गई। ऐसा लग रहा था कि आवाज़ उसका पीछा कर रही है, और जैसे कोई कूदता हुआ पीछे आ रहा है।

बिल्टू घबराकर पीछे पलटा। उसे दूर एक धुंधली काली आकृति नज़र आई जो एक पैर पर खड़ी थी। उसे पूरा यकीन था कि यह प्रतीक है। 'तू यहाँ क्या कर रहा है? क्या तूझमें अब भी मेरा पीछा करने की हिम्मत है? लंगड़ा रहा है, लेकिन तेरा मन नहीं भरा अब तक?' लेकिन ऐसा कहते हुए इस बार उसकी हँसी नहीं निकल रही थी।

वह आकृति थोड़ी भी नहीं हिली। न ही ऐसा लगा कि खड़े होने में उसका संतुलन बिगड़ रहा हो। बिल्टू उस आकृति पर से अपनी नज़रें हटाने की हिम्मत नहीं कर पा रहा था। वह एक क़दम पीछे हटा और

फिर से उस आकृति को समझने की कोशिश की। वह कुछ क़दम और पीछे हटा। अब आकृति ने एक क़दम आगे बढ़ाया, फिर दूसरा, फिर तीसरा। बिल्टू के अंदर से जैसे कोई आवाज़ आई कि उसे भागना शुरू करना चाहिए। वह अपने जीवन की सबसे तेज़ दौड़ लगाने लगा। अंधाधुंध भागते वह बाँस की एक शाखा से लड़खड़ाया और गिर पड़ा। जब उसने खड़े होने की कोशिश की तो महसूस किया कि उसके घुटनों से ख़ून बह रहा था। उसके टखने सुन्न हो गए थे और काम नहीं कर रहे थे। आँसू भरी आँखों से उसने पीछे मुड़कर देखा। वहाँ कुछ भी नहीं था। उसने चलने की कोशिश की, लेकिन फिर गिर पड़ा। वह उस जगह से जल्द से जल्द आगे बढ़ जाना चाहता था। वह अपने एक पैर पर कूदते हुए आगे बढ़ने लगा।

उस दिन के बाद से जब भी कोई बँसवारी से होकर गुज़रता तो एक टूटे पैर के साथ ही घर लौट पाता। वे क़िस्सा सुनाते कि कोई एक पैर पर चलती आकृति उनका पीछा कर रही थी और वे तभी बचकर आ पाए जब एक पैर पर कूदते हुए आगे बढ़े।

एकथेनो भूत की विशेषताएँ

- एक टाँग वाला भूत
- लोककथाओं में उसके शरीर के अन्य अंगों का वर्णन नहीं मिलता, लेकिन माना जाता है कि वे सामान्य मानव शरीर जैसे ही होते हैं।
- कभी-कभी यह भूत अकेला मिल जाता है। कभी-कभी पूरे समूह के साथ रहता है।
- ये अधिक घातक नहीं होते। बस पीछा करते हैं और लोगों को डराते हैं। अक्सर झाड़ियों या पेड़ों के झुरमुट में पाए जाते हैं।

गलासी

रवि को यह तो पता था कि सायन दा थोड़े रूखे हो सकते हैं, लेकिन उस रात तो उन्होंने हद ही पार कर दी थी। निश्चय ही नया लड़का हरि थोड़ा मूर्ख था। रवि अपने कॉलेज के प्रथम वर्ष के दिनों से ही यह जानता था कि बहुत बुद्धिमान या बहुत मूर्ख होना ख़तरनाक है। ये दोनों ही बातें सीनियर्स का ध्यान खींचती हैं और फिर वे तब तक पीछा नहीं छोड़ते जब तक कि आप अपनी मूर्खता या बुद्धिमानी से छुटकारा नहीं पा लेते। उनका मानना था कि यह एक आवश्यक अभ्यास है जिससे छात्रों को घुलने-मिलने में मदद मिलती है। अधिकांश छात्र अंततः सीनियर्स के अच्छे दोस्त बन जाते हैं और छात्रावास छोड़ने के बाद भी बने रहते हैं।

लेकिन हरि जैसे छात्रों के लिए शुरुआत में अकेले रहना वास्तव में कठिन हो सकता है। वह दूर गाँव से आया था। परिवार की पहली पीढ़ी के शिक्षार्थी के रूप में उसे प्रवेश परीक्षा में मिले अपने ग्रेड और शीर्ष रैंक पर गर्व था। इतना कि वह भूल ही गया था कि इस छात्रावास में सभी छात्र उत्कृष्ट ग्रेड लेकर ही आते हैं। वह कोई विशिष्ट छात्र नहीं था,

और हर कोई उसे यह बात याद भी कराता रहता था। उसे सुझाव भी दिए गए कि वह अपने 'कम्फर्ट ज़ोन' से कैसे निकले। हरि उसे छेड़ने वालों के साथ कर्कश आवाज़ में बहस करना शुरू कर देता, जिससे हमेशा बात बिगड़ जाती। वह यह नहीं समझ पा रहा था कि अश्लील फ़िल्म पर निबंध लिखने और उसे किसी सीनियर लड़की को भेज देने से उसे अपने करियर में कैसे मदद मिलेगी? वह लड़कियों के बारे में विशेष रूप से शर्मीला था, और उसकी इसी कमज़ोरी का जैसे सीनियर्स इंतजार कर रहे थे। सायन दा ने हरि को सताने का बीड़ा उठा रखा था और उसे अपने अंडरवियर में गर्ल्स हॉस्टल के पीछे चक्कर लगाने के लिए मजबूर किया। इस नज़ारे से सबका मनोरंजन हुआ और जल्द ही वे रैगिंग के उन सबसे ख़राब और सबसे नए तरीक़ों के बारे में चर्चा करने लगे, जिसे उन्होंने देखा था या जिसमें भाग लिया था। उस दिन रैगिंग के बाद हरि चुपचाप अपने कमरे में लौट आया और बिस्तर पर पड़ा था। छात्रावास विंग के प्रभारी सायन दा ने सभी को उसे रात भर के लिए अकेला छोड़ देने का निर्देश दिया ताकि हरि शांत हो सके।

रवि को हरि के लिए बहुत बुरा लगा। वह भी एक छोटे से गाँव से ताल्लुक रखता था और इस कल्पना मात्र से सिहर गया कि वह ऐसे उपहास का शिकार होता तो क्या करता। रात के खाने के बाद हरि को खोजते हुए गया, तो पाया कि वह अब भी अपने बिस्तर पर बैठा है। रवि को समझ नहीं आ रहा था कि क्या कहे। उसके दोनों रूममेट भी ख़ुद में व्यस्त रहे। रवि जैसे ही कमरे से बाहर निकलने वाला था, हरि को भावशून्य सा मुस्कुराते हुए देखा।

रवि का कमरा सायन दा के कमरे के ठीक बगल में था। वह सायन दा और उसके तीनों रूममेट्स को शाम की घटना के बारे में अभी भी

बात करते और हँसते हुए सुन सकता था। उन्होंने रवि को भी बुलाया, लेकिन उसने मना कर दिया। उसे नींद नहीं आ रही थी और वह हरि के उस भावशून्य मुस्कान के बारे में सोचता रहा। उसने सोचा कि उसे कुछ कहना चाहिए था। वह उठा और हरि के कमरे की ओर आगे बढ़ गया।

हरि का बिस्तर ख़ाली मिला। पूरा हॉस्टल विंग शांत था, जो थोड़ा असामान्य था क्योंकि लड़के आम तौर पर लगभग सुबह तक जगे रहते थे। चिंता से रवि इधर-उधर देखता रहा। वह नीचे भी देखने गया कि हरि कहीं नीचे खाना लाने गया हो।

उसे हरि तहखाने में मिला जो एक कोने में रखे सामानों के ढेर में कुछ ढूँढ़ रहा था। रवि ने उसे नाम से पुकारा, लेकिन शायद उसने सुना नहीं। वह हरि की ओर तेज़ी से आगे बढ़ा और उसे पकड़कर अपनी ओर किया। हरि उसी भावशून्य आँखों से उसकी ओर देख रहा था। रवि ने उसे वहाँ से बाहर ले जाने की कोशिश की लेकिन उसे एक इंच भी नहीं हिला सका।

रवि समझ नहीं पा रहा था कि और क्या करे। वह वापस लौटा और सायन दा को आवाज़ लगाई। उन्होंने कहा कि वह अभी हरि से बात करते हैं। हरि उनके कमरे में था और उन्हें बता रहा था कि कैसे वह अपने चाचा के घर में एक अनाथ के रूप में पला-बढ़ा था और जब चीज़ें उनके हिसाब से नहीं होती थीं तो चाचा कैसे उसे पीटते थे। यह कॉलेज उसके लिए उस नरक से बाहर निकलने का एकमात्र रास्ता था, इसलिए अच्छी रैंक और छात्रवृत्ति पाने के लिए उसने दिन-रात मेहनत की थी। रवि महसूस कर सकता था कि सायन दा ख़ुद को सहज दिखाने की कोशिश कर रहे थे लेकिन वह भी कुछ असहज थे।

हरि इतनी जल्दी ऊपर कैसे आ गया? ऊपर आते समय उसने किसी

को ख़ुद से आगे निकलते देखा नहीं था, न ही ऊपर आने का कोई और रास्ता था! रवि को घबराहट हुई और तुरंत तहखाने की ओर लौटा। जैसे ही वह अंदर गया उसके पैर वहीं जम गए। हरि का बेजान शरीर छत से लटका हुआ था। उसकी ख़ाली, भावहीन आँखें अभी भी खुली थीं।

रवि फिर ऊपर लौटा तो उसने देखा कि सायन दा के कमरे की बत्ती जल रही थी। एक कर्कश आवाज़, जो रात के सन्नाटे में स्पष्ट रूप से सुनाई दे रही थी, बचपन की एक कहानी सुना रही थी। अधीर होकर रवि ने धक्का देकर दरवाज़ा खोल दिया। उस कमरे में रहने वाले चारों लड़के छत से केबल की तार से लटके हुए थे।

गलासी की विशेषताएँ

- लोगों को फाँसी लगाकर आत्महत्या करने के लिए विवश करता है।
- जब कोई फाँसी लगाकर आत्महत्या कर लेता है तो वह गलासी भूत बन सकता है।
- प्रतिशोध के लिए लोगों की जान लेता है।
- ऐसी जगह के आसपास देखा जा सकता है जहाँ किसी ने आत्महत्या की है।
- बंगाल में उसके क़िस्से प्रचलित हैं।

गयल

भारतीय लोककथाओं में गयल को सर्वाधिक शक्तिशाली भूत आत्माओं में से एक माना गया है। कुछ सूत्रों का कहना है कि गयल अलौकिक प्राणियों के इतिहास में अब तक दर्ज की गई सबसे शक्तिशाली पिशाच आत्माएँ हैं। ऐसा माना जाता है कि उन्हें भूत और भविष्य का ज्ञान होता है। उनके पास अन्य भूत आत्माओं को अपने नियंत्रण में कार्य करने के लिए बुलाने की और कभी-कभी उनके व्यवहार को नियंत्रित करने की भी क्षमता होती है।

गयल का जन्म तब होता है जब किसी मृत व्यक्ति को उचित धार्मिक अंतिम संस्कार प्रदान नहीं किया जाता है। मृत व्यक्ति की आत्मा क़ब्र से उठती है और उन लोगों का शिकार करती है जिन्हें उसे ठीक से दफनाना चाहिए था। प्रतीत होता है कि गयल की अवधारणा का जन्म इसलिए हुआ ताकि सुनिश्चित हो कि मृतकों का उपयुक्त प्रकार से अंतिम संस्कार किया जाए।

आत्मा का मूल उद्देश्य उन लोगों से बदला लेना होता है जिन्होंने

उसके साथ अन्याय किया है। यह उस व्यक्ति या व्यक्तियों के समूह का शिकार करता है जिन्होंने ठीक से उसका अंतिम संस्कार नहीं किया। प्राय: ऐसा होता है कि वह पहले उसके अपने परिवार के किसी पुरुष की जान लेता है, फिर सगे-संबंधियों में से किसी पुरुष की जो उसे उपयुक्त अंतिम संस्कार नहीं देने के पाप का भागी हो। गयल जिन लोगों पर हमला करता है, उनका माँस खाता है और ख़ून पीता है। अपने ही परिवार के लोगों को मारने के बाद, वह रास्ते में आने वाले दूसरे लोगों की भी जान ले लेता है।

गयल गर्भवती महिलाओं पर भी हमला करते हैं। वे जब जम्हाई लेती हैं या खाना खा रही होती हैं, तब ये उनके शरीर पर क़ब्ज़ा कर लेते हैं। यह आत्मा फिर उसके अंदर की ऊर्जा को सोखते हुए अजन्मे बच्चे और माँ दोनों की जान ले लेती है।

गयल को क़ब्र के अंदर रखने की रस्में होती हैं। अगर उसे शिकार के लिए कोई इंसान नहीं मिलता है, तो वह क़ब्रगाह में अन्य लाशों को क्षत-विक्षत कर देता है। रात में वह अन्य क़ब्रों से सड़ा हुआ माँस खाता है और दिन के समय अपनी क़ब्र के अंदर रहता है।

इसलिए, गयल को दिन होने का धोखा देने के लिए लोग क़ब्र के चारों ओर मोमबत्तियाँ और रोशनी जलाते हैं। क़ब्र के पास पवित्र जल के प्याले या कच्चे दूध के साथ गंगाजल रखना, क़ब्र से गयल के बाहर निकलने को रोकने के कुछ उपाय हैं।

सिक्कों जैसे धातु के तत्वों की माला या हनुमान, शिव, दुर्गा देवताओं पर चढ़ाए गए फूलों से बने ताबीज पहनने वाले बच्चे गयल के हमले से सुरक्षित माने जाते हैं। इसके अलावा, मृत व्यक्ति की उचित अंत्येष्टि करना, या अपूर्ण रही धार्मिक प्रक्रियाओं को पूरा करना भी गयल को यदि

पूर्णत: नहीं तो आंशिक रूप से कम आक्रामक बना देता है।

गयल की विशेषताएँ

- क़ब्रिस्तानों और श्मशान घाटों में पाई जाने वाली एक घातक अतृप्त आत्मा।
- मुख्य रूप से पुरुषों और गर्भवती महिलाओं पर हमला करता है।

ग़ुल

ग़ुल (Ghul) शब्द पश्चिमी दुनिया में तब पहुँचा जब 'वन थाउजेंड एंड वन नाइट्स' का पहली बार फ्रेंच भाषा में अनुवाद किया गया। ग़ुल की यूरोपीय अवधारणा एक ऐसी शैतानी आत्मा की है जो क़ब्रिस्तान में रहता है और लाशों को खाता है। ग़ुल एक आदमखोर प्रेत है। सातवीं शताब्दी में इस्लाम के आगमन के पहले से मध्य-पूर्व एशिया में उनकी मौजूदगी रही है। ये बुरी आत्माएँ क़ब्रिस्तान के आसपास रहती हैं और जीवित और मृत के बीच की स्थिति में होती हैं। स्त्री ग़ुल या ग़ुलाह, जिन्हें आंट ग़ुल या मदर ग़ुल पुकारा जाता है, कामुक पुरुषों को अपने जाल में फँसाती हैं और उन्हें खा जाती हैं।

ग़ुल कभी-कभी बंजर भूमि में भी रहते हैं और लकड़बग्घा जैसे जानवरों का रूप धारण कर लेते हैं। वे बच्चों को भी खा जाते हैं और ख़ून पीने और कीमती सामान चोरी करने के लिए कुख्यात हैं। ये लकड़बग्घे जैसे ग़ुल अपने शिकार किए गए आदमी का रूप धारण कर लेते हैं, और रेगिस्तान में भटकते हुए अपनी मांद की ओर दूसरे शिकारों को आकर्षित

करते हैं।

हालाँकि, ग़ुल शब्द का अर्थ इन बुरी आत्माओं तक ही सीमित नहीं है। अरबी में वासना और बेईमान व्यक्ति को भी ग़ुल पुकारा जाता है।

दिलचस्प है कि इस शब्द का प्रयोग क़ब्र खोदने वाले कर्मियों और क़ब्र लूटने वाले लोगों के लिए भी किया जा सकता है।

ग़ुल की विशेषताएँ

- ग़ुल का सामना जानलेवा हो सकता है।
- ये पूरी दुनिया में पाए जाते हैं।

गुटिया देव

रवि को लग रहा था कि जैसे वह बहुत कठिन परिस्थिति में घिरा है, जिसका कोई हल नहीं। उसकी समस्या यह थी कि वह नहीं जानता था कि उस स्थिति को कैसे ठीक किया जाए जो उसे परेशान कर रही थी। वह अन्य लोगों के एक समूह के साथ एक लॉरी में एक ख़स्ता सड़क पर यात्रा कर रहा था, जब गाड़ी सड़क के एक गहरे गड्ढे में फँस गई और किसी प्रकार भी बाहर नहीं निकाली जा सकी। दूर-दूर तक किसी बस्ती का कोई नामोनिशान नहीं था। लगभग आधी रात हो चुकी थी और उसके साथ के अधिकांश लोग सस्ती देसी दारू के नशे में चूर थे। उन्होंने जब स्वयं को ऐसी सुनसान जगह पर फँसा हुआ और लाचार पाया तो कुछ देर बाद यूँही मन बहलाने के बहाने ढूँढ़ने लगे। उन्होंने रामधारी को छेड़ना शुरू किया जो अक्सर उनके हँसी-मज़ाक का शिकार बनता था, क्योंकि वह समूह में सबसे छोटे क़द का व्यक्ति था। वास्तव में किसी बौने से थोड़ा ही अधिक लंबा, इसलिए वह उनके क्रूर और असंवेदनशील छेड़छाड़ का विषय बनता था। रवि, जो समूह का सबसे युवा सदस्य था,

रामधारी को इस प्रकार लक्षित किए जाने पर क्रोधित हो जाता था, लेकिन उसके पास उसकी रक्षा करने की शक्ति या उम्र की वरीयता नहीं थी। और इसलिए, जब अन्य लोग रामधारी को प्रताड़ित करने लगे तो वह एक बार फिर बस चुपचाप ग़ुस्से से सुलगता रहा।

कुछ देर बाद ही रामधारी के सब्र का बाँध टूट गया। वह चुपचाप ट्रक से उतरा और उन लोगों से दूर आगे बढ़ गया। किंकर्तव्यविमूढ़ सा रवि अपने दोस्त की छोटी आकृति की ओर देखता भर रहा, जो दूरी के साथ और छोटी होती जा रही थी। थोड़ी ही देर बाद में अन्य सदस्य भी लॉरी से नीचे उतरे और उन्होंने आसपास की ज़मीन पर थोड़ा पानी डाल दिया, जिससे फिसलन भरी कीचड़ बन गई। नशे में धुत्त लोगों ने स्ट्रीट लैंप की बत्ती बुझा दी और उनकी धूर्त निगाहें रास्ते पर जम गईं कि अभी रामधारी लौटेगा और उनके जाल में फँसेगा।

आधी रात के अँधेरे में जहाँ केवल आधा चाँद ही मौजूद था, थोड़े इंतज़ार के बाद छाया सी गहरी एक छोटी मानव आकृति धीरे-धीरे उनकी ओर आती नज़र आई। मज़े के लिए सबकी निगाहें उस पर ही टिकी हुई थीं। लेकिन वह कीचड़ पर नहीं फिसला, एक पल के लिए वहीं खड़ा रहा, गहरी साँसें भरीं और सड़क से हटकर जंगल की ओर आगे बढ़ गया।

रवि भी लॉरी से बाहर निकला और उस छोटी आकृति के पीछे चल पड़ा। जैसे ही वह सड़क से कच्चे रास्ते पर उतरा, उसके पैरों के नीचे सूखे पत्तों की चरमराहट होने लगी। रवि उसके कुछ फिट पीछे ही था और उसे आश्चर्य हुआ कि सूखे पत्तों की इस ज़मीन पर वह कैसे बिना किसी शोर के चला जा रहा है। रवि आवाज़ सुन पा रहा था कि समूह के शराबी लोग भी पीछे आ रहे हैं। वे अपने शिकार को इतनी आसानी से

जाने नहीं दे सकते। वह धुंधला सा देख सकता था कि वह छोटी आकृति आगे पेड़ों के बीच है। उसे लगा कि शायद यह आँखों का धोखा होगा लेकिन वह आकृति अब कुछ लंबी लग रही थी। कुछ ही समय बाद वह छायादार आकृति जंगल के पेड़ों जितनी ऊँची हो गई थी। अचानक रवि एक शोर से चौंका और पीछे मुड़कर देखा तो रामधारी उसके पास खड़ा था, मानो वह अभी एक झपकी लेकर उठा हो। रामधारी ने नशे में धुत्त लोगों की ओर देखा और उत्सुकता से पूछा, 'क्या हो रहा है? सब लोग कहाँ जा रहे हैं? और तभी विस्मय और आतंक से भरे रवि ने जंगल की ओर देखा—वह बौना जंगल के सबसे ऊँचे पेड़ में बदल गया था। दूसरों ने भी ऐसा होते देखा। उनकी नशे की बकबक बंद हो गई थी। जंगल में एक घना सन्नाटा छा गया।

गुटिया देव की विशेषताएँ

- एक बौना भूत।
- इसके साथ मुठभेड़ प्राय: जानलेवा नहीं होती।
- बिहार में पाया जाता है।

गुयासी

यह एक छोटे से शहर की कहानी है, जहाँ के निवासी अपने साधारण जीवन पर गर्व करते थे। वे वहाँ लंबे समय से रह रहे अधिकांश निवासियों के साथ एक स्थिर संबंध बनाए हुए थे और ज़रूरत के समय एक-दूसरे की मदद करते थे।

मोहनलाल रियल-एस्टेट के कारोबार में एक बार भाग्य आजमाना चाहते थे। उन्होंने छोटे शहरों में गगनचुंबी अपार्टमेंट के निर्माण के मुनाफ़े का हिसाब कर रखा था, इसलिए जब उन्होंने इस शहर और इसके एक प्रमुख इलाक़े के बीच में एक परित्यक्त भूखंड के बारे में सुना तो इसके मालिक से संपर्क साधने का प्रयास किया। लेकिन यह पता लगाना मुश्किल साबित हुआ क्योंकि किसी को भी याद नहीं था कि इसका अंतिम मालिक कब यहाँ से गया या उसके बाद किसने इस भूखंड पर दावा किया। उन्होंने ख़ुशी-ख़ुशी स्वामित्व के मामले को सुलझाने का इंतज़ाम कर लिया और ज़मीन की पैमाइश करानी शुरू कर दी। यह थोड़ा कठिन कार्य था क्योंकि लगता था कि वर्षों से यहाँ किसी ने सफ़ाई

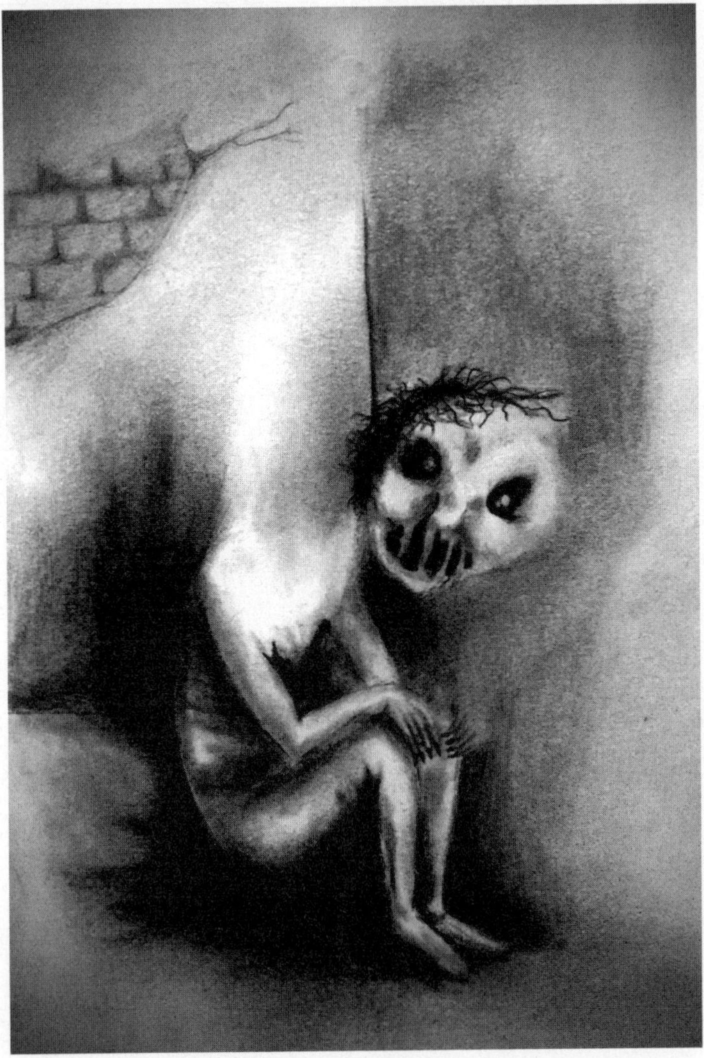

नहीं कराई और आस-पास के लोग यहाँ कूड़ा फेंकते रहे हैं। पूरे भूखंड पर पेड़ और झाड़ियाँ छाई हुई थीं और दिन के समय भी जैसे अँधेरा सा लगता था। इसके पिछले मालिक के आलस्य पर मोहनलाल को कुछ खीझ हुई और उन्होंने इसकी सफ़ाई के लिए कुछ मज़दूरों को काम पर रखा।

'आप इसे साफ़ नहीं कर सकते। कोई भी इसे साफ़ नहीं कर सकता'–मोहनलाल के पीछे खड़े एक बुजुर्ग आदमी ने उनसे कहा जब वे मज़दूरों के आने का इंतज़ार कर रहे थे।

'आपका क्या मतलब है कि इसे साफ़ नहीं कर सकते? आप लोग बस आलसी हैं, नहीं? इस कचरे के साथ रहते हैं!'

बुजुर्ग हँस पड़ा।

'क्या आपको लगता है कि हमने कभी कोशिश नहीं की? यह आपको ऐसा करने नहीं देगा।'–कहकर बूढ़ा ग़ायब हो गया।

मोहनलाल इतने व्यावहारिक व्यक्ति थे कि उन्हें इस तरह की बातों से डराया नहीं जा सकता था। मज़दूरों के आने में देरी से पहले ही खीझ चुके मोहनलाल और उत्तेजित हो गए जब दोपहर के समय बस एक मज़दूर आया।

'हम यहाँ काम नहीं कर सकते, सर। यह भुतहा है?'–वह कमज़ोर लग रहा था, लेकिन उसकी आवाज़ दृढ़ थी। 'हमने कई क़िस्से सुने हैं कि कई लोगों ने यहाँ सफ़ाई की कोशिश की और मारे गए। यह आपको साँस नहीं लेने देगा।'

'अरे, साँस लेने से कौन रोक सकता है! अच्छा, मैं समझ गया, यहाँ दुर्गंध बहुत है। अपने चेहरे पर मास्क जैसा कुछ लगा लो। इसके लिए मुझसे कुछ और पैसे ले लो!'

'अपने चेहरे पर कुछ भी मत पहनिए। यह आपको साँस नहीं लेने देगा।'

एक भी शब्द और कहे बिना वह चला गया। मोहनलाल ग़ुस्से में थे। छोटे शहर के इन लोगों में कभी कुछ नया करने की हिम्मत नहीं होती। वह अगले दिन कुछ अन्य मज़दूरों के साथ वापस आए, जिन्हें उन्होंने दूसरे शहर से काम पर रखा था। उन्होंने भूखंड को देखा, अपने औजारों की जाँच की और अंदर प्रवेश कर गए। लेकिन जैसे ही वे अंदर घुसे कि उलटे क़दमों बाहर भाग आए।

'हम यहाँ काम नहीं कर सकते। यह भुतहा है।'–उन्होंने उत्तर की भी प्रतीक्षा नहीं की और वहाँ से चले गए।

मोहनलाल को तेज़ ग़ुस्सा आया। वह इन लोगों के व्यवहार से इतने क्रोधित हुए कि ख़ुद अंदर चले गए।

वाकई भयानक दुर्गंध थी। वह कूड़े और अँधेरे से होते जितना आगे बढ़े, दुर्गंध उतनी तेज़ होती गई।

उन्हें अपने सीने में कुछ जकड़ा हुआ सा महसूस हुआ। जल्द ही उन्होंने महसूस किया कि उनके सीने पर कोई वार कर रहा है। उन्होंने रूमाल से अपनी नाक ढँक ली, लेकिन इससे कोई फ़ायदा नहीं हुआ। बल्कि, रूमाल उनकी साँस को और अवरुद्ध करता हुआ प्रतीत हो रहा था। बुरी तरह से डर चुके मोहनलाल ने बाहर निकलने का फ़ैसला किया। उसने तेज़-तेज़ चलने की कोशिश की, लेकिन ऐसा कर नहीं सके। उन्होंने मदद के लिए चिल्लाने की कोशिश की लेकिन रूमाल ने उनकी साँस को पूरी तरह बंद कर रखा था। वह ज़मीन पर गिर पड़े और साँस लेने के लिए संघर्ष करते रहे।

अगली सुबह उनकी लाश भूखंड के एक कोने में पड़ी मिली जिसके

चेहरे पर कसकर रूमाल चिपका हुआ था।

गुयासी की विशेषताएँ

- गंदगी और छाया का भूत जो अँधेरे कूड़े-कचरे वाले इलाक़ों में पाया जाता है।
- श्वसन प्रणाली को अवरुद्ध कर देता है और दम घोंट कर शिकार को मौत के घाट उतार देता है।
- अत्यंत ख़तरनाक।

इफ़रीत

इफ़रीत मृतकों की आत्माएँ हैं जो जहन्नम के चक्कर लगाती हैं। इस्लामी मिथक कथाओं में उन्हें जिन्न परिवार की दुष्ट आत्माओं के रूप में दर्शाया गया है। वे धूर्त, दुर्भावनापूर्ण और दुष्ट होते हैं और जिन्नों के बीच उनकी स्थिति प्रमुख नहीं है क्योंकि उनके पास शक्तिशाली अलौकिक शक्तियों की कमी होती है।

क़ुरान में इफ़रीत का वर्णन एक प्रकार के भूत-प्रेत प्राणियों के रूप में किया गया है। यह शब्द इस्लाम-पूर्व अरब में नहीं पाया जाता।

सूरह अन-नम्ल में एक इफ़रीत ख़ुद को शक्तिशाली और भरोसेमंद बताता है और बिलक़िस के सिंहासन को सुलैमान तक ले जाने की पेशकश करता है। मुहम्मद अल-बुखारी की हदीस में कहा गया है कि जिन्नों के बीच एक इफ़रीत ने पैगंबर मुहम्मद की प्रार्थनाओं को बाधित करने का प्रयास किया था। मलिक इब्न-अनस के आख्यानों में देवदूत जिब्रील द्वारा पैगंबर मुहम्मद को इफ़रीत को हराने के लिए एक दुआ सिखाने का वर्णन मिलता है।

इफ़रीत अच्छे या बुरे दोनों हो सकते हैं। हालाँकि उन्हें अँधेरे की दुनिया का प्राणी माना जाता है, लेकिन वे कभी-कभी अल्लाह के उद्‌देश्यों की भी पूर्ति करते हैं। ज़्यादातर समय वे ख़ूनी प्रतिशोध लेने और हत्याओं का बदला लेने में सहायता करने के लिए निर्देशित होते हैं। उन्हें बुलाया जा सकता है और वे ओझा या उसे बुलाने वाले के उद्‌देश्य की पूर्ति के लिए बाध्य किए जा सकते हैं।

मिस्र में इफ़रीत किसी ऐसे व्यक्ति की आत्मा के रूप में उत्पन्न होता है जिसकी हत्या कर दी गई हो। ये आत्माएँ दुष्ट होती हैं और प्रतिशोध की इच्छा रखती हैं। वे पृथ्वी के चारों ओर, क़ब्रिस्तानों में और उन स्थानों पर घूमती हैं जहाँ जीवित रहते हुए वह व्यक्ति बार-बार जाता था।

मोरक्को की संस्कृति में इफ़रीत जीवित प्राणियों पर क़ब्ज़ा कर लेने वाले शक्तिशाली जिन्न के रूप में जाने जाते हैं। उन्हें काँटेदार शरीर, पंजेनुमा हाथों, जलती आँखों और कभी-कभी सात ख़ूनी सिर वाले शैतानों के रूप में भी चित्रित किया गया है।

'वन थाउजेंड एंड वन नाइट्स' में कहा गया है कि इफ़रीत में बुरी इच्छाएँ होती हैं और वे लोगों के शरीर पर क़ब्ज़ा कर लेते हैं। वे विभिन्न जानवरों का रूप लेने में भी सक्षम होते हैं।

इफ़रीत की विशेषताएँ

- जिन्नों के परिवार से संबंधित हैं।
- आमतौर पर दुष्ट होते हैं लेकिन कभी-कभी अल्लाह का काम भी करते हैं।
- अत्यंत प्रतिशोधी।

झापरी

महावीर पूरे गाँव का सबसे कुख्यात चोर था। कहा जाता था कि वह किसी सोए हुए व्यक्ति के नीचे से तकिया या गद्दा चुरा सकता था और उस व्यक्ति को पता भी नहीं चलता। उसे पकड़ना बहुत कठिन था क्योंकि वह कभी कोई सुराग नहीं छोड़ता था। कई लोगों ने ज़मींदार से उसकी शिकायत की थी, लेकिन सबूतों के अभाव में वह हमेशा छूट गया। उसके बेटे को अपने पिता के जीवन जीने के तरीके में कभी कोई दिलचस्पी नहीं थी और उसने एक सामान्य जीवन जीने के लिए एक व्यवसाय शुरू किया था। महावीर सोचता था कि उसे अपनी विरासत किसी को तो सौंपनी चाहिए और जब वह वृद्ध होने लगा तो अपने पोते को चौर्य-कला की शिक्षा देने लगा।

जब तक मोहन बड़ा हुआ, यह गाँव एक क़स्बे में बदल चुका था। उसे अपने दादाजी की चोरी की तकनीकों का इस्तेमाल करना बेहद कठिन लगा क्योंकि आमतौर पर अपार्टमेंट या बड़ी दुकानों के सामने पहरेदार होते थे। एक बार उसने अपने स्कूल में एक साथी छात्र की

टिफिन चुराने की कोशिश की, लेकिन बाद में पता चला कि वह तो पहले से ही ख़ाली था। जब उसने बॉक्स को वापस रखने की कोशिश की तो वह रंगे हाथ पकड़ा गया। अपने दादा की तुलना में, वह अब तक का सबसे असफल चोर था। कई असफल प्रयासों के बाद, उसने अपनी अब तक की सबसे बड़ी गलती की जब उसने एक घर के बाहर पड़े एक बड़े बॉक्स की चोरी करने की कोशिश की। उसने सोचा कि इसमें फल या कोई और वस्तु होगी, लेकिन यह बस एक फैंसी कूड़ेदान निकला। वह बहुत निराश होकर उस रात अपने दोस्तों से मिलने गया और उन्हें अपनी कहानी सुनाई। सब उस पर ख़ूब हँसे। "झपटे गए हेगे छोरे" की रट लगाते उन्होंने उसे ख़ूब मजाक बनाया।

मोहन ग़ुस्से में था। उसे किसी भी तरह अपनी प्रतिष्ठा बचानी ही थी। उसने अपने दादाजी के सामानों को देखने की कोशिश की ताकि कुछ ऐसा मिल सके जो मदद कर सके। महावीर ने जिन तकनीकों का इस्तेमाल किया था, उनमें से एक भेस बदलना भी था। दुर्लभ अवसरों पर यह उसके बहुत काम आया था। मोहन ने अपने अगले प्रयास की तैयारी के लिए अपने दादा की संपत्ति से कुछ सामान ले लिए।

शहर में अभी भी ऐसे स्थान थे जहाँ अतीत के निशान बचे हुए थे। कुछ पुराने घर और गलियाँ आज भी पुराने गाँव जैसे ही थे। ऐसी ही एक गली में, जैसे ही श्री बसु एक अँधेरे शॉर्टकट से गुज़रे, उनके सिर और कंधे पर कुछ चिपचिपा सा गिरा। उससे इतनी दुर्गंध आ रही थी कि उसे पोंछने के लिए उन्हें रुकना पड़ा। जैसे ही वह साइकिल से उतरे, उन्होंने देखा कि टोका (सूखे ताड़ के पत्तों से बनी एक शंकु के आकार की टोपी) पहने हुए एक काले रंग की आकृति पास के एक पेड़ से नीचे कूदी है और धीरे-धीरे उनकी ओर रेंगती हुई आ रही है। वह भय से चिल्लाए

और दौड़ लगा दी। मुस्कुराते हुए मोहन उनकी साइकिल पर चढ़ गया, जिस पर अभी भी उनका बैग लटक रहा था। उसने टोपी और मुखौटा उतार दिया और विजयी भाव से घर लौटा।

एक साइकिल सफलतापूर्वक चुरा लेने के बाद अब मोहन गर्व महसूस करने लगा था। उसे अधिक सफलता मिलने लगी थी। उसने किराने के सामान, सब्जियाँ, और कई साइकिलों पर हाथ साफ़ किया और एक दिन तो रुपयों से भरा बैग भी उसके हाथ लगा। उस रात जब वह घर लौटा तो उसके टोके पर उसे मल लगा मिला। उसे आश्चर्य हुआ क्योंकि लोगों को लूटने के लिए वह तो प्लास्टिक की थैलियों में मल ले जता था जिन्हें शिकार के ऊपर गिरा देता था और सावधान रहता था कि उसके कपड़ों पर यह न लगे। उसने टोके से मल साफ़ किया और सोचा कि आगे से वह अधिक सतर्क रहेगा।

अगली शाम वह एक पेड़ की निचली शाखा पर बैठ गया और बैग वाले किसी व्यक्ति के गुज़रने की प्रतीक्षा करने लगा। जल्द ही उसने किसी को एक भारी बोरी खींचते आते हुए देखा जिसमें शायद मासिक किराने का सामान भरा था। मोहन ने मल का अपना थैला तैयार रखा। तभी कुछ चिपचिपा सा उसकी टोपी पर गिरा और किनारे से टपकने लगा। दुर्गंध इतनी भयानक थी कि उसे टोपी उतारनी पड़ी। उसे पेड़ की ऊपरी शाखा पर एक काले रंग की आकृति दिखी। उसके सिर पर टोका चमक रहा था, लेकिन उसका बाकी चेहरा इतना छायादार था कि कुछ भी अनुमान नहीं लग पा रहा था।

भारी बैग के साथ सड़क से गुज़रता राहगीर पेड़ से एक आकृति को छलाँग लगाते देख चौंक कर भागा जैसे अँधेरे से कोई अज्ञात भय उस पर ही टूट पड़ने वाला हो।

झापरी की विशेषताएँ

- पेड़ों पर निवास करता है।
- एक भूत जो लोगों पर मल त्याग करता है।
- टोका पहनता है।
- मुक्त आत्मा।
- घातक नहीं है, लेकिन लोगों को डराता और परेशान करता है।
- बंगाल में पाया जाता है।

जिन्न

हम सभी ने इच्छा-पूर्ति करने वाली आत्माओं के बारे में सुना है, जो अपने अंग्रेज़ी नाम 'जीनीज़' से अधिक प्रसिद्ध हैं। कहा जाता है कि इन आत्माओं की उत्पत्ति इस्लाम-पूर्व अरब देशों से हुई, जहाँ उन्हें 'जिन्न' के रूप में जाना जाता था। वे इस्लामी मिथकों, धर्मग्रंथों और लोककथाओं में प्रकट होने लगे, और भारत और एशिया के अन्य भागों की यात्रा करने वाले लोग इन कहानियों को अपने साथ लेकर गए। वे न तो अच्छे और न ही बुरे पैदा होते हैं, बल्कि जैसे-जैसे वे बड़े होते हैं, अपना स्वभाव चुनते हैं।

जिन्न बहुवचन है, इसका एकवचन "जिन्नी" होता है। जिन्नी 'मजनूँ' से संबंधित है, जिसका अर्थ है उन्मत्त होना। इसकी व्युत्पत्ति "जन्नाह" से भी मानी जाती है, जिसका अर्थ है स्वर्ग, और "जनिन" से भी, जिसका अर्थ है भ्रूण। इस शब्द की उत्पत्ति को लेकर विवाद है, और कुछ लोग यह भी मानते हैं कि 18वीं सदी में 'वन थाउज़ेन्ड एंड वन नाइट्स' के फ्रेंच अनुवाद में प्रयुक्त शब्द 'genie' से इसकी उत्पत्ति हुई है।

इस्लामी धार्मिक ग्रंथों में, जिन्न को आमतौर पर किसी भी भूत-प्रेत आत्मा के रूप में वर्णित किया गया है, जिसका उल्लेख अक्सर शैतान के साथ किया गया है। दूसरी ओर, इस्लामी लोककथाओं में उन्हें सहायक और मददगार प्राणी के रूप में वर्णित किया गया है, और उनकी जादुई शक्तियों को दुनिया भर में जाना जाता है।

इस्लाम-पूर्व अरब में जिन्नों की पूजा की जाती थी क्योंकि उन्हें मानसिक और शारीरिक बीमारियों के साथ-साथ तूफानों का कारण माना जाता था। हालाँकि, उन्हें कभी भी देवताओं के बराबर नहीं माना जाता था क्योंकि उन्हें नश्वर प्राणी माना जाता था; वे अंधेरी जगहों में रहते थे और लोगों को इनसे अपनी रक्षा करनी पड़ती थी।

माना जाता है कि स्वर्गदूतों और पिशाचों की तरह उनका भी मानव इंद्रियों द्वारा पता नहीं लगाया जा सकता है और आदम की उत्पत्ति के पहले से वे पृथ्वी पर घूम रहे हैं। वे मनुष्यों की ही तरह खाते-पीते हैं, प्रजनन करते हैं और मृत्यु के बाद अपने कर्मों के आधार पर स्वर्ग या नरक में भेजे जाते हैं।

ईरान, अफ्रीका, तुर्की और भारत में इस्लाम के प्रसार के साथ जिन्न की अवधारणा भूत-प्रेतों के बारे में स्थानीय मान्यताओं के साथ मिश्रित हो गई। ऐसा माना जाता है कि वे मनुष्यों और जानवरों, दोनों के रूप में प्रकट होते हैं। मानव रूप में वे ज़्यादातर अदृश्य रहते हैं। कभी-कभी वे हवा, धुंध, रेत के तूफान और छाया का रूप धारण कर सकते हैं। वे अपनी इच्छा से अपना आकार भी बदल सकते हैं।

जिन्न की विशेषताएँ

- अत्यंत शक्तिशाली होता है।
- अपने कर्मों की प्रकृति के आधार पर अच्छे या बुरे बन सकते हैं।
- मुख्य रूप से मध्य पूर्व में, लेकिन एशिया के अन्य भागों में भी पाए जाते हैं।

काना भुलो

मृणाल को पुरुलिया ज़िले में स्थित एक स्कूल का निरीक्षण करने का निर्देश मिला। उसे इस कार्य में एक दिन का समय लगना था और फिर उसी दिन लौट आना था। वह उस सुनसान स्टेशन पर ट्रेन से उतरने वाला अकेला यात्री था। स्कूल का एक कर्मचारी कपिल स्टेशन पर उसका इंतज़ार कर रहा था। पुरुलिया हमेशा से मृणाल को मोहित करता है—इसके जलते पलाश के पेड़, सूखी लाल मिट्टी और शांत विशालता। हालाँकि इस यात्रा के दौरान कपिल की मोटरसाइकिल पर पीछे बैठे हुए उसे निराशा ही हुई क्योंकि परिदृश्य में विविध रंगों का कोई नामोनिशान नहीं था और बस कटाई बाद के ठूँठ खेत नज़र आ रहे थे।

कपिल धीमी गति से मोटरसाइकिल चला रहा था और समय-समय पर बाएँ-दाएँ मुड़ रहा था। इस यात्रा में दस मिनट से अधिक नहीं लगना चाहिए था, लेकिन गाँव की ऊबड़-खाबड़ सड़क उनकी गति को रोक रही थी। स्कूल गाँव के प्रवेश के समीप ही था। यह एक छोटा सा स्कूल था, फिर भी साफ़-सुथरा था। निरीक्षण, जो औपचारिक ही था, में अधिक

समय नहीं लगना था। प्रधानाध्यापक का कार्यालय व्यवस्थित लग रहा था और एक गड़बड़ी को छोड़कर सब कुछ सुचारू रूप से ही चला। स्कूल द्वारा पचास पुस्तकें मँगवाने की रिपोर्ट थी, लेकिन वे पुस्तकें स्कूल पुस्तकालय से ग़ायब थीं। यह धन के दुरुपयोग का एक साधारण मामला हो सकता था जो मृणाल के अनुभव के हिसाब से कोई असामान्य बात नहीं थी। लेकिन कर्मचारियों ने ज़ोर देकर कहा कि एक कर्मचारी जल्द ही शिपमेंट लेकर आने वाला है। पुस्तकों के लिए ऑर्डर दिए लगभग एक महीना हो चुका था, इसलिए मृणाल को उनकी बात संदिग्ध लगी। उसने अपनी रिपोर्ट में इस बारे में एक नोट दर्ज किया और दोपहर तक अपना काम समाप्त कर चुका था।

कार्य जल्दी ही समाप्त हो जाने से प्रसन्न होकर उसने पैदल ही स्टेशन तक जाने का निर्णय लिया ताकि रास्ते में गाँव के परिवेश का आनंद ले सके। जब उसने कपिल से यह बात कही तो वह कुछ असहज हुआ। मृणाल ने सोचा कि शायद उसे चिंता हो रही होगी कि कहीं वह अपना रास्ता न भटक जाए। इस बात पर वह मुस्कुराया लेकिन मोटरसाइकिल से पहुँचाए जाने के प्रस्ताव को ठुकराने में कोई हिचकिचाहट नहीं की। उसने यहाँ तक पहुँचने के लिए 150 किलोमीटर से अधिक का सफर तय किया था तो स्टेशन तक के एक किलोमीटर का रास्ता पैदल तय करने में उसे क्या परेशानी होनी थी। वह दोपहर 2.30 की अगली ट्रेन पकड़ना चाहता था इसलिए पैंतालीस मिनट पहले ही पैदल चल पड़ा था। लगता था कि यहाँ अक्सर लोगों का आना-जाना था क्योंकि बिजली के खंभों पर मिट्टी और पत्थरों से कई नाम लिखे थे। एक जगह 'सुमन' लिखा था। लोगों की यह एक अजीब आदत ही है कि हर जगह अपना नाम लिख देंगे। वह गाँव से आगे निकल आया था और उसे हँसी आई

कि कोई 'सुमन' बिजली के खंभे पर अपना नाम अंकित करने के लिए यहाँ तक आया था।

कुछ देर और चलने के बाद मृणाल के अंदर कपिल का प्रस्ताव ठुकराने को लेकर एक अफ़सोस का भाव आया। मोटरसाइकिल पर जो दस मिनट का सफ़र लगा था, वही उसे अब थका रहा था। ट्रेन के आने का समय हो चुका था, इसलिए उसने अपनी गति तेज़ की। वह लगभग मान चुका था कि यह ट्रेन छूट जाएगी और उसे अगली ट्रेन के लिए दो घंटे और इंतज़ार करना होगा। उसने स्कूल लौटने के बारे में सोचा लेकिन फिर इतनी दूर चलकर जाना कोई उचित विचार नहीं था। उसने स्टेशन की ओर चलते रहने का निश्चय किया। रेलवे ट्रैक का कोई नामोनिशान नहीं था, न ही वह दोपहर 2.30 की ट्रेन के गुज़रने की आवाज़ ही सुन पा रहा था। यह उम्मीद करते हुए कि शायद ट्रेन लेट हो गई है और वह अभी भी उसे पकड़ सकता है, उसने अपनी गति बढ़ाते हुए हल्के क़दमों से दौड़ना शुरू कर दिया। आधा घंटा और बीत गया, लेकिन अभी भी स्टेशन का कोई अता-पता नहीं था। अब तक चलते वह हाँफने लगा था और साँस बटोरने के लिए वहीं एक खंभे पर झुक गया। खंभे पर लगी मिट्टी पर उसकी पसीने से तर हथेली फिसल गई। उसने खीझ से खंबे की ओर देखा तो पाया कि 'सुमन' का आधा हिस्सा उसकी हथेली से मिट गया है। उस पर दहशत हावी हो गई। ज़रूर वह रास्ता भटक गया है। उसने उम्मीद की कि ग़लती से शायद वह फिर गाँव के निकट पहुँच गया है, जिसका अर्थ है कि वह कपिल से उसे स्टेशन छोड़ने के लिए कह सकता है। लेकिन घंटे भर चलते रहने के बाद भी उसे गाँव नज़र नहीं आया। एक क़दम भी और चल सकने में असमर्थ, उसके अंदर घबराहट मच गई जब उसे आंशिक रूप से मिट गए 'सुमन' नाम वाला वह खंबा

फिर नज़र आया। वह अब मदद के लिए चिल्लाते हुए दौड़ पड़ा। काश कोई इधर से गुज़र रहा हो और उसकी आवाज़ सुन ले। लगभग शाम हो चुकी थी और वह जानता था कि अँधेरा हो जाने के बाद फिर सुबह तक इन खेतों से बाहर निकलना संभव नहीं हो पाएगा। वह मुश्किल से देख पा रहा था कि वह कहाँ जा रहा है। वैसे भी इससे कोई फ़र्क़ नहीं पड़ना था, क्योंकि हर जगह एक जैसी ही दिख रही थी। अचानक वह किसी चीज़ से टकराकर लड़खड़ाया और बेहोश हो गया। जब उसे होश आया तो उसने देखा कि वह किस चीज़ से टकराया था। यह एक बैग था जिसके अंदर कुछ भारी सामान पड़ा था। उसने अंदर झाँककर देखा तो लगभग चालीस-पचास किताबें थीं। उनमें से कुछ खुली हुई थीं, और उनके पन्ने फाड़ दिए गए थे। किसी ने बेरहमी से किताबों के बेतरतीब पन्ने फाड़ दिए थे और उन्हें यहीं पड़ा छोड़ दिया था। उसे अपनी रीढ़ में एक सिहरन सी महसूस हुई। इस पूरी जगह के बारे में कुछ तो अजीब था। वह वहाँ से जितनी दूर हो सके भाग जाना चाहता था। लेकिन उसके पैरों को जैसे लकवा मार गया था, वह एक इंच भी हिल नहीं पा रहा था।

'क्या आपको रास्ता मिल गया?' उसके सामने एक दुबला-पतला सा आदमी खड़ा था, जिसकी आँखें बाहर निकली हुई थीं।

'कहाँ जाने का रास्ता?' वह इतना ही कह सका।

'कहीं भी?' उसने कहा, 'अगर आपको भूख लगी हो तो आप किताबों से कुछ पन्ने निकाल सकते हैं।'

वह कोई पागल लग रहा था। मृणाल ने उसे शांत करने की कोशिश की।

'आप कितने समय से रास्ते की तलाश में हैं?'

'पता नहीं, शायद एक महीना, या एक साल। मुझे इस शिपमेंट के

साथ स्कूल पहुँचना था। मैंने एक खंभे पर अपना नाम लिखकर छोड़ दिया था कि इससे मुझे रास्ता ढूँढ़ने में मदद मिलेगी। लेकिन यह आपको बाहर नहीं जाने देगा; यह आपको कभी भी बाहर नहीं जाने देगा।'

'कौन मुझे बाहर नहीं जाने देगा?'

'क्या आप इसे महसूस नहीं कर सकते? यह आपको हमेशा के लिए अपना रास्ता भुला देगा।'

अब बेहद घबरा चुका मृणाल फिर पागलों की तरह दौड़ने लगा। कमज़ोर आवाज़ में वह व्यक्ति चिल्लाया, 'यदि आप मेरा नाम एक खंभे पर लिखा हुआ देखें, तो वहीं से आगे बढ़ते रहें।'

वह नहीं जानता था कि उसके दायें क्या है या बायें क्या है। वह अंधाधुंध दौड़ता रहा। जब वह खंभे से टकराया तो जो आख़िरी बात उसे याद आई, वह आंशिक रूप से मिटा हुआ '...मन' था जो अँधेरे में धुंधला सा दिखाई दे रहा था।

काना भुलो की विशेषताएँ

- लोगों को रास्ता भटका देते हैं।
- परित्यक्त घास के मैदानों में रहते हैं।
- इनका सामना जानलेवा हो सकता है।
- बंगाल के पुरुलिया ज़िले में पाए जाते हैं।

खबीश

कुछ ख़ास तरह के जॉम्बी होते हैं, जिन्हें खबीश के नाम से जाना जाता है। ये हिमालय क्षेत्र में पाए जाते हैं। उनकी उत्पत्ति के तरीके के कारण उन्हें प्रायः जॉम्बी माना जाता है। अधिकांश अन्य भूतों के विपरीत, खबीश बनने के लिए मृत्यु आवश्यक नहीं है। एक खबीश किसी मानव, आमतौर पर एक मध्यम आयु वर्ग के व्यक्ति में धीरे-धीरे प्रवेश करना और कायापलट करना शुरू कर सकता है। धीरे-धीरे इनका शिकार खबीश में बदल जाता है।

एक खबीश में आमतौर पर निम्नलिखित विशेषताएँ होती हैं : दायाँ हाथ ग़ायब होता है और उसकी त्वचा पर फुंसियाँ होती हैं। इसे कम दिखाई पड़ता है और अक्सर सीने में दर्द और कंपकंपी का खतरा होता है। यह अक्सर उनींदा दिखाई पड़ता है।

खबीश को दूर से ही पहचाना जा सकता है, क्योंकि यह जिन लोगों को देखता है उन्हें अपशब्द कहने लगता है। ऐसा कहा जाता है कि अगर कोई रात में हिमालय में निकले तो वह कर्कश आवाज़ में किसी को

अश्लील शब्द कहते हुए सुन सकता है। यदि आवाज़ के स्रोत का पता लगाया जाए तो एक हाथ-रहित सड़ी-गली आकृति को देख सकता है जो हाँफ रहा होता है और उसके पूरे शरीर पर फफोले होते हैं। यदि उसे देखने वाला उसकी आँखों में देख ले तो वह भी खबीश में बदल जाएगा। खबीश की कहानी के साथ दो यात्रियों की कहानी भी जुड़ी हुई है।

नाईट फ़ोटोग्राफ़ी के शौक़ीन दो लोगों ने जंगल में एक हाथ-रहित आकृति देखी। उनमें से एक उसके द्वारा किए जा रहे गाली-गलौज से इतना नाराज़ हो गया कि उसने उस पर पत्थर फेंके और इस क्रम में उसकी आँखों में भी झाँक लिया। वापस लौटते समय उसने भी अपशब्द बकने शुरू कर दिए। बाद में उस रात उसकी त्वचा पर चकत्ते निकलने भी शुरू हो गए। उसके दोस्त ने सोचा कि यह किसी प्रकार की एलर्जी है जो पहाड़ों में आम बात है। उसे हो रही अन्य परेशानियों को भी उसने एलर्जिक बुख़ार का परिणाम समझा। लेकिन जब उसके सीने में दर्द शुरू हो गया और चकत्ते अजीब फफोलों में बदल गए तो उन्होंने सुबह डॉक्टर से परामर्श लेने का फ़ैसला किया। पूरी रात वह संक्रमित यात्री अपने दोस्त के बंद दरवाज़े के सामने खड़ा रहा और उसे गालियाँ बकता रहा। रात गुज़रने के साथ-साथ उसकी आवाज़ तेज़ होती गई। सुबह होने पर कमरे के अंदर के आदमी ने दरवाज़े के बाहर एक धम्म की और फिर भारी क़दमों से किसी के जाने की आवाज़ सुनी। थोड़ी देर बाद उसने दरवाज़ा खोला तो देखा कि उसके दोस्त का दाहिना हाथ ज़मीन पर पड़ा हुआ है और कलाई में बंधी घड़ी अभी भी टिक-टिक कर रही है।

खबीश की विशेषताएँ

- जॉम्बी का एक रूप।
- किसी जीवित इंसान के शरीर में प्रवेश करता है और उसे भी खबीश में बदल देता है।
- आमतौर पर उसका दायाँ हाथ ग़ायब होता है।
- हिमालय में पाया जाता है।

कोल्लीवई पिसासु

तमिलनाडु में सबसे अधिक देखे जाने वाले भूतों में से एक है कोल्लीवई पिसासु या कोल्लीवायुप। इस प्रकार के भूत पाताल की गहराइयों से अचानक प्रकाश की चमक की तरह बाहर निकलते हैं और उतनी ही जल्दी, मानव आँखें उनके अस्तित्व की थाह लें उससे पहले, ग़ायब हो जाते हैं। लोगों ने कीचड़ भरे खेतों, कब्रिस्तानों और कूड़े के ढेरों में उन्हें देखने का दावा किया है।

इन पिसासुओं को कुरूप और डरावना बताया जाता है। उनकी त्वचा काली होती है जिन पर लाल नसें उभरी हुई रहती हैं और उनकी बड़ी, चमकदार आँखें होती हैं। वे पैशाची भाषा में बात करते हैं और मन और शरीर पर कब्ज़ा कर लेने की क्षमता रखते हैं।

कोल्लीवई पिसासु अन्य भूत-प्रेत-बेतालों के साथ श्मशान, क़ब्रिस्तान और सुनसान खेतों आदि के आसपास पाए जाते हैं। वे मनुष्यों या पशुओं का आकार ले सकते हैं और तुरंत ही हवा में ग़ायब हो सकते हैं। जिनका भी पिसासुओं से सामना होता है, वे मारे जाते हैं या अत्यंत दुर्भाग्य का

शिकार होते हैं या पागल हो जाते हैं। पिसासुओं के कब्ज़े से छुटकारा पाने या उनके कब्ज़े में आने से बचने के कुछ धार्मिक अनुष्ठान किये जा सकते हैं।

उन्हें दुनिया भर में विभिन्न नामों से जाना जाता है। बंगाल में उन्हें 'आलेया' और यूके में 'विलो-द-वाइस्प' कहा जाता है। पिसासु संबंधी घटनाओं की एक पेशेवर वैज्ञानिक व्याख्या भी मौजूद है। कुछ बैक्टीरिया जो पशुओं और पौधों के अपघटन में मदद करते हैं, वे मीथेन और डिफोस्फेन जैसी दहनशील गैसों का मिश्रण उत्पन्न करते हैं। ये गैसें भूमिगत रूप से तब तक दबी रहती हैं जब तक कि बाहर नहीं निकल जातीं; हवा के संपर्क में आने पर वे आग की लपटों में लहक उठती हैं।

गैसों के उत्सर्जन पर अचानक इनका आग के रूप फट पड़ना लोगों को विस्मित करता है और यहीं लोगों ने इस भूत की कल्पना कर ली है। दिलचस्प बात है कि वैज्ञानिक चेतना वाले हमारे पूर्वजों ने इन भूतों को 'कोल्लीवई' या 'कोल्ली-वायु' नाम दिया जिसका शाब्दिक अर्थ है–"दहनशील घातक गैस।"

कोल्लीवई पिसासु की विशेषताएँ

- एक बहुत ही सामान्य भूत।
- अत्यंत द्वेषपूर्ण।
- तमिलनाडु में पाया जाता है।

कुट्टी चातन

कुछ स्रोतों का दावा है कि कुट्टी चातन या कुट्टी चेतन भूतों की उत्पत्ति उन लोगों से होती है जिनकी दुखद या अप्राकृतिक मृत्यु हुई हो। हालाँकि, अधिकांश स्रोत उन्हें अलौकिक शक्तियों और क्षमताओं वाले स्वतंत्र, अंतर-आयामी प्राणियों के रूप में चिह्नित करते हैं। ये प्राणी आमतौर पर मानव आँखों के लिए अदृश्य होते हैं, लेकिन इन्हें कुछ अनुष्ठानों के माध्यम से बुलाया जा सकता है। विशिष्ट कार्यों की पूर्ति के लिए उनका आह्वान किया जाता है, और रक्त या धन, अथवा दोनों के आदान-प्रदान के माध्यम से उनका सहयोग लिया जा सकता है।

'वन थाउजेंड एंड वन नाइट्स' में वर्णित दुष्ट जिन्नों की तरह वे भी उनका आह्वान करने वाले की हत्या करने और उन्हें खा जाने के लिए बदनाम हैं, यदि उन्हें उनकी शक्तियों के अनुरूप कार्य नहीं सौंपा जाता। इसके अलावा, यदि आह्वानकर्ता कार्य की पूर्ति के बाद भूत को इसकी प्रतिपूर्ति प्रदान करने में विफल रहता है तो वे उन्हें उनकी मृत्यु तक प्रताड़ित करते हैं।

दक्षिण भारत के कुछ हिस्सों, जैसे केरल में कुट्टी चातन को एक पथप्रदर्शक देवदूत के रूप में पूजा जाता है और जौहरी लुटेरों और चोरों से अपनी दुकानों की रक्षा के लिए उनका आह्वान करते हैं।

कुछ भूत-प्रेत विशेषज्ञों ने कुट्टी चातन और शोर मचाने वाले जर्मन भूत पोल्टरगाइस्ट के बीच साम्य बताया है। भारत, जापान, ब्राजील, ऑस्ट्रेलिया, अमेरिका और विभिन्न यूरोपीय देशों की लोककथाओं में पोल्टरगाइस्ट के संदर्भ अटे पड़े हैं। वे अपनी प्रकृति में 'अटेंशन-सीकर' होते हैं और आमतौर पर जान नहीं लेते, लेकिन अदृश्य रहते हुए वस्तुओं को फेंकने, हंगामा करने, दरवाज़ा खटखटाने और लोगों को चिकोटी काटने, दाँत काटने और पीटने जैसे उपद्रव कर सकते हैं।

कुट्टी चातन को भूतों को भगाने के लिए सामान्य रूप से व्यवहृत धार्मिक अनुष्ठानों से नष्ट नहीं किया जा सकता क्योंकि उनकी उत्पत्ति मानव आत्माओं से नहीं हुई है।

कुट्टी चातन की विशेषताएँ

- बहुत ही सामान्य रूप से पाया जाने वाला भूत।
- अंतर-आयामी प्रेत के रूप में प्रतिष्ठित।
- उपद्रवी होता है और कभी-कभी घातक हो सकता है।
- परोपकारी भी हो सकता है।
- केरल में पाया जाता है।

मामदो

क्रिच... क्रिच... क्रिच....

क्या कोई फिर से ज़मीन खोद रहा था? सुधीर ने कुछ देर अपनी आँखें बंद रखी और आवाज़ पर ध्यान केंद्रित करने की कोशिश की। वह आगे की खिड़की तक गया और धीरे से पर्दा हटाया। उनके घर के सामने की गली सूनी लग रही थी। जहाँ तक उसकी नज़र जा सकती थी, उसने मैदान का मुआयना किया लेकिन कुछ ख़ास नहीं दिखा। फिर से अपनी आँखें बंद कर उसने उस दिशा को पहचानने की कोशिश की जिधर से आवाज़ आ रही थी। शायद यह घर के दूसरी ओर से आ रही थी। इसने सुधीर को थोड़ा असहज कर दिया, क्योंकि उसका विश्वास था कि सभी बुरी चीज़ें सड़क के दूसरी ओर क़ब्रगाह में घटित होती हैं।

लेकिन वह इस चिंता को अपनी पत्नी के सामने प्रकट नहीं करना चाहता था। क़ब्रिस्तान के ठीक सामने ज़मीन ख़रीदने और घर बनाने को लेकर उनकी दो वर्षों से बहस चल रही थी। सुधीर को पता था कि यह उस समय उसे मिल रहा सबसे सस्ता सौदा है। लोग इस सुविकसित

इलाक़े में सिर्फ़ क़ब्रिस्तान के कारण ज़मीन ख़रीदने से परहेज़ करते थे। अगर वे अंधविश्वास को अपने सिर से निकाल सकते तो उन्हें एहसास होता कि यह योजना कितनी लाभदायक थी। सुधीर ने अपनी पत्नी को राज़ी करते हुए अपनी शुरुआती योजना से काफ़ी बड़ा प्लॉट ख़रीद लिया था और घर का निर्माण शुरू करा दिया था। जब उसकी पत्नी बड़े हॉल और पीछे के विशाल बगीचे को देखा तो अंततः वह भी संतुष्ट हुई। अभी कुछ हफ़्ते पहले तक वे एक ख़ुशहाल जीवन जी रहे थे।

कभी-कभी पास के मुस्लिम मोहल्ले से किसी मृतक को दफनाने के लिए लोग क़ब्रिस्तान में आया करते थे। सुधीर उनकी पूरी प्रक्रिया को अपनी बालकनी से देखा करता। धीरे-धीरे यह उसकी आदत ही बन गई और कभी-कभी तो दिन का काम ख़त्म करके देर रात को भी वह बालकनी में जाकर घंटों क़ब्रिस्तान को देखता रहता। शायद वहाँ की शांति ने काम के उसके तनाव को कुछ कम कर दिया था। लेकिन यह शांति लंबे समय तक नहीं बनी रही। कुछ हफ़्ते पहले उनके बगीचे में एक गली का कुत्ता देखा गया जो कोई दुर्गंधयुक्त चीज़ खाने की कोशिश कर रहा था। जब उन्हें समझ आया कि यह किसी लाश का आधा सड़ा हुआ हाथ है तो उसकी पत्नी भय से चीखने लगी और उसका बेटा डर के मारे घर के अंदर भागा। यह पहली बार था जब सुधीर को किसी क़ब्रिस्तान के पास रहने का पछतावा हुआ। उसने उस सड़े हाथ को पास के तालाब में फिंकवा दिया।

उसने घंटों तक उस आधी खोदी गई क़ब्र को ढूँढ़ने की कोशिश की, जिससे कुत्ते ने वह हाथ बाहर खींचा होगा। वह समझ रहा था कि उसका जुनून और बढ़ता ही जा रहा है था जब उसने आधी रात को भी खुदाई की आवाज़ सुननी शुरू कर दी। अपनी जिज्ञासा को शांत करने में असमर्थ

रहने पर एक रात वह अपनी बालकनी में निकल आया और देखने लगा। वहाँ क़ब्र के पास एक आदमी बैठा था, जो खुदाई कर रहा था। वह तुरंत समझ गया कि वहाँ क्या चल रहा है। सफ़ेद कपड़े और सर पर फ़ेज़ पहने वह आदमी क़ब्रों से लाशें खोद रहा था। सुधीर को कब्रिस्तानों में होने वाली लाश-चोरी की जानकारी थी। अपने कमरे से टॉर्च लेकर वह सीधा क़ब्रिस्तान की ओर आगे बढ़ा। वहाँ अब कोई नहीं था, लेकिन क़ब्र के ऊपर ताज़ी खोदी गई मिट्टी को वह अभी भी देख सकता था, जिसे उसने अपनी बालकनी से देखा था। उसने फिर से आवाज़ आने का इंतज़ार किया, लेकिन ऐसा लगा कि आवाज़ उसके घर के पीछे से आ रही है। उसने सोचा कि लाश-चोर उसके घर के पीछे क्या कर रहा होगा?

अनिच्छा से ही, लेकिन उसने साहस जुटाया और अगली रात फिर क़ब्रिस्तान पर नज़र रखने का फ़ैसला किया। एक उपयुक्त जगह पर छिपकर बैठने के बाद वह सही समय की प्रतीक्षा करने लगा। शायद बैठे-बैठे उसे कुछ नींद आ गई थी, क्योंकि जब वह उठा तो उसने फिर उसी आदमी को देखा। उसका आधा शरीर क़ब्र के अंदर था। सुधीर ने और ध्यान से देखा तो पाया कि वह लाश के लिए क़ब्र की खुदाई नहीं कर रहा था, बल्कि वह तो ख़ुद को क़ब्र से बाहर निकालने के लिए खुदाई कर रहा था। सुधीर असमंजस में पड़ गया। कोई ख़ुद को क़ब्र से बाहर निकालने के लिए खुदाई क्यों करेगा, और उससे भी महत्त्वपूर्ण यह कि वह यूँ क़ब्र के अंदर गया कैसे? चुपचाप छिपकर बैठे सुधीर ने उस आदमी की ओर फिर से देखने की कोशिश की। यह पूर्णिमा की रात थी और एक बार जब सबकुछ सफ़ेद पहने यह लंबी, दुबली-पतली आकृति क़ब्र से बाहर आ गई तो यह धीरे-धीरे दूर जाने लगी। उसकी कमीज़ की एक आस्तीन ख़ाली थी और हवा में लहरा रही थी।

सुधीर को पसीना आने लगा। वह समझ गया कि उसने अभी क्या देखा है। वह सुनिश्चित करने के लिए क़ब्र की ओर कुछ क़दम बढ़ा। जैसी कि उसे उम्मीद थी, क़ब्र ख़ाली थी। वह आदमी लाश नहीं खोद रहा था, वह खुदाई कर ख़ुद को क़ब्र से बाहर निकाल रहा था।

अचानक उसे अपनी पीठ के पीछे एक आवाज़ सुनाई पड़ी। उसे पता चल गया कि उसके ठीक पीछे कोई खड़ा है। सुधीर धीरे-धीरे पीछे मुड़ा तो एक माँसहीन चेहरा नज़र आया जिसकी आँखों के दो ख़ाली कोटर उसे घूर रहे थे। आख़िरी चीज़ जो उसने महसूस की, वह यह थी कि खुली क़ब्र में फेंकने और दफनाने से पहले उसकी एक बाँह उसके शरीर से उखाड़ दी गई थी।

मामदो की विशेषताएँ

- बहुत घातक, सामना होने पर मृत्यु का कारण बनता है।
- शरीर सिर्फ़ मानव कंकाल रूप में होता है। कभी-कभी उस सफ़ेद कपड़े में ढँका होता है जिसमें उसे दफनाया गया था।
- फ़ेज़ (टोपी) पहनता है।

मरीद

'अनेकता में एकता' की भूमि भारत कई प्रकार के भूतों और आत्माओं का भी घर है। हालाँकि, मरीद की उत्पत्ति भारत में नहीं हुई है; यह इस्लामी संस्कृति के माध्यम से भारतीय भूत कथाओं में शामिल हुआ है। अरबी में 'मरीद' शब्द का अर्थ "उद्दंड" के रूप में किया जाता है। इसका दूसरा नाम 'इफ़रित' है, जिसका वर्णन इस पुस्तक में पहले किया जा चुका है। मरीद को एक प्रकार का शैतान माना जाता है, जो क़ुरान में भी वर्णित है। अन्य स्रोतों में, इस शब्द का अनुवाद पिशाच और 'दैत्य' के अर्थ में किया गया है और कभी-कभी उन्हें सबसे दुष्ट जिन्नों में से एक के रूप में गिना जाता है।

आधुनिक संदर्भों में, मरीद को बहुत अलग तरीके से दर्शाया गया है। बार्टिमियस सीक्वेंस, जो कि वैकल्पिक इतिहास, फंतासी और जादू संबंधी बाल उपन्यासों की एक श्रृंखला है, में जोनाथन स्ट्राउड ने मरीद को उन शक्तिशाली दुष्टात्माओं (demons) के रूप में वर्णित किया है, जिन्हें जादूगरों द्वारा बुलाया जा सकता है। एस.ए. चक्रवर्ती के 'दैवाबाद

ट्राइलॉजी' या लोकप्रिय बोर्डगेम 'डंजन्स एंड ड्रैगन' में मरीद को जलीय अलौकिक प्राणियों के रूप में वर्णित किया गया है।

हदीसों में मरीदों का स्पष्ट रूप से वर्णन किया गया है। एक दृष्टांत में एक इफ़रित ने फायर-बोल्ट का उपयोग कर पैगंबर मुहम्मद पर हमला करने की कोशिश की थी। उन्हें पशुओं का रूप धारण करने के लिए भी जाना जाता है।

मरीद आम लोगों से संलग्न होने वाले अन्य जिन्नों के विपरीत, आमतौर पर राजाओं और पवित्र लोगों के साथ संबद्ध रहे हैं।

मरीद की विशेषताएँ

- अरब में उत्पत्ति।
- इनका दूसरा नाम 'इफ़रित' है।
- जिन्न का एक रूप।
- पूरी दुनिया में पाया जाता है।

मसाण

'इन्हें देखो! यह साल मेरा है, बेबी!'

सागर लगभग चिल्लाते हुए कमरे में आया। वह थका हुआ और कुछ फीका लग रहा था, लेकिन उसकी आँखें उत्साह से चमक रही थीं। 'मैंने तुमसे कहा था न, हनी! धुंध के पहाड़ अन्य भूदृश्यों की तुलना में बहुत अधिक चमकदार होते हैं। मैं तुम्हें दिखाता हूँ... दूसरों को भी बुलाओ!'

प्रकाश और मिहिर भी उसी उत्साह से कमरे में आ गए। हालाँकि फोटोग्राफी के मामले में वे उतने उत्साही नहीं थे जितना सागर, लेकिन रोमांच के लिए अपने परिवारों के साथ वे भी शिमला की इस यात्रा में साथ हो गए थे। वे दो दिनों तक पूरे इलाक़े में घूमते रहे और सभी ने पहाड़ के भूदृश्यों की अद्‍भुत तस्वीरें लीं। चूँकि बादल छाने के साथ मौसम थोड़ा बदल गया था, सागर अकेले ही अपने मन की कुछ तस्वीरें लेने एक मोटरबाइक से निकल गया जो उसने होमस्टे के मकान मालिक से माँग लिया था। वह उन्हीं तस्वीरों को परिवार को दिखाने की बात कर रहा था।

उसकी पत्नी रीना ने कमरे में सबके बैठने के लिए जगह बनाई। ताकि सभी ठीक से तस्वीरें देख सकें, इसके लिए प्रोजेक्टर लगा दिया गया। रीना ने अवि को अपनी गोद में बिठा लिया। सागर जब भी प्रोजेक्टर चालू करता था, उसका बेटा बहुत ख़ुश हो जाता था। उसे एक साथ फिल्में देखना याद आया जो अपने पिता के साथ समय बिताने के अवि के पसंदीदा तरीक़ों में से एक था। अवि फोटोग्राफी के बारे में भी बहुत कुछ जानता था, जो रीना की राय में एक पाँच वर्ष के बच्चे की क्षमता से अधिक ही था। संक्षेप में, उसे अपने पिता के काम से प्यार था!

तस्वीरें वास्तव में बहुत अच्छी थीं। नीले आसमान के साथ वनों से आच्छादित पर्वत शृंखलाएँ... आपका इनसे कभी मन नहीं भर सकता। प्रत्येक स्लाइड के बाद विस्मय की भावना और प्राय: प्रशंसा की आह प्रकट की जा रही थी। विस्मित चेहरों को देखते सागर की ख़ुशी को रीना महसूस कर सकती थी।

अचानक एक तेज़ आवाज़ ने सन्नाटे को भेद दिया। यह अवि की आवाज़ थी। वह यूँ अचानक और इतनी ज़ोर से चीखा था कि सब चौंक गए। वह अब मुस्कुरा भी नहीं रहा था। उसके गाल लाल हो गए थे और आँखें फैल गई थीं। निश्चय ही दीवार पर अभी जो तस्वीर दिख रही थी, उसी पर उसकी यह प्रतिक्रिया थी। यह घाटी की एक सामान्य तस्वीर थी जिसमें इधर-उधर पेड़ फैले हुए थे और दृश्य में कुछ भी असाधारण नहीं था। लेकिन अवि चीखता रहा और अपनी माँ की गोद में ऐसे संघर्ष करता रहा मानो वह कमरे से बाहर जाना चाहता हो। शांत कराने के सभी के प्रयासों से बेख़बर वह भयभीत बच्चा तस्वीर देखता रहा और चीखता रहा।

बेचैनी से सागर ने प्रोजेक्टर बंद कर दिया। अवि अब अपने पिता के सीने में चिपक कर सिसक रहा था, और तुरंत घर ले चलने के लिए

कह रहा था। उनकी इस यात्रा के अभी भी दो दिन बचे थे और किसी को समझ नहीं आ रहा था कि बच्चे को किस बात ने परेशान किया है। उन सभी ने उसे बहलाने और चुप कराने के व्यर्थ प्रयास किए, लेकिन अवि ने डिनर के लिए कुछ भी खाने से इनकार कर दिया और पूरी रात उसका रोना बंद नहीं हुआ।

अगली सुबह वे सब बहुत चिंतित थे क्योंकि अवि अभी भी सुबक रहा था। उसके लाल पड़ गए चेहरे और सूजी हुई आँखों को देखकर, वे आश्चर्य कर रहे थे कि क्या उसने धुंधली तस्वीर में किसी डरावनी चीज़ की कल्पना कर ली थी। उन्होंने उसे बाहर ले जाने और आसपास की जगहें घूमाने का फ़ैसला इस उम्मीद के साथ किया कि इससे वह शांत हो जाएगा। उन्होंने तीन कारें बुलवायीं और सागर ने ड्राइवरों को गंतव्य के बारे में समझा दिया। पूरे समय अवि ज़ोर-ज़ोर से रोता रहा और कहता रहा कि वह नहीं जाना चाहता। लेकिन, जैसे ही वे उस जगह पहुँचे उसने रोना बंद कर दिया और सबने राहत की साँस ली। वे सभी ख़ुशी-ख़ुशी कार से बाहर निकले और आसपास घूमने लगे। तभी एक ड्राइवर सागर को एक तरफ़ लेकर गया और पूछने लगा–

'यहाँ क्यों आए, सर?'

'क्या मतलब?'

'यह एक श्मशान हुआ करता था, सर। कृपया यहाँ से कुछ भी घर न ले जाइएगा। यह भुतही जगह है।'

सागर को घबराहट हुई। उसने दूसरों को भी इस बारे में बताया, जिससे वे और रोमांचित हो उठे। उन्होंने कैमरे निकाल लिए और वहाँ की तस्वीरें लेने लगे। धुंध की एक परत नीचे उतर आई थी। रीना भी राहत महसूस कर रही थी और सबके साथ घूमने लगी। इसी दौरान अवि उनकी

नज़रों से ओझल हो गया। सभी बहुत घबरा गए और व्यग्रता से बच्चे को ढूँढ़ने लगे, लेकिन अवि का कुछ पता नहीं चला। उन्होंने उन तीनों कारों के चालकों से भी पूछा जो उन्हें वहाँ लेकर आए थे, लेकिन उन्होंने भी बच्चे को वहाँ से कहीं और जाते नहीं देखा था।

अँधेरा होने तक वे उसे ढूँढ़ते रहे, फिर पुलिस को सूचित करने का फ़ैसला किया। रीना को वहाँ से ले जा पाना असंभव ही था, लेकिन उन्हें तय करना था कि आगे क्या करना है। तभी प्रकाश को तस्वीरों की याद आयी–'हमने कई तस्वीरें ली हैं न? वह कुछ तस्वीरों में ज़रूर होगा; चलो पता लगाने की कोशिश करते हैं कि वह किस तरफ़ गया है!'

इस बात पर सभी सहमत हुए। उन्होंने सागर के प्रोजेक्टर पर बेहतर तरीक़े से देख सकने के लिए सभी तस्वीरों को एक साथ रख दिया। कुछ तस्वीरों में जहाँ अवि पृष्ठभूमि में दिखाई दे रहा था, उसके सिर के पीछे

एक काली छाया मँडराती हुई दिख रही थी। अगली तस्वीर में यह छाया लगभग उसके सिर को छू रही थी। उसके बाद की तस्वीर में छाया ने उसके सिर के चारों ओर एक घेरा बना लिया था। आखिरी स्लाइड में उसके शरीर का आधा हिस्सा छाया द्वारा निगला जा चुका था।

मसाण की विशेषताएँ

- दुष्ट आत्मा जो बच्चों का शिकार करती है।
- श्मशान में पाए जाते हैं।
- बादल का रूप धारण कर सकते हैं।
- हिमालय की घाटी में पाए जाते हैं।
- जब किसी कथित निची जाति के व्यक्ति की मृत्यु हो जाती है और उनके शरीर को श्मशान में आधा जला हुआ ही छोड़ दिया जाता है, तो वे उस जगह पर मसाण भूत के रूप में भटकते रहते हैं।

मेछो भूत

परिमल ने जैसे ही उस जर्जर कार्यालय में क़दम रखा, वह समझ गया था कि कुछ अप्रिय होने वाला है। दो दशक की सेवा के बांद वह लोगों को देखकर ही बता सकता था कि वह बेईमान है या नहीं। देश भर में अपनी शाखाओं के साथ सी-फ़ूड और मीठे जल की मछली का व्यापार करने वाली एक बड़ी कंपनी के प्रभारी अधिकारी के रूप में कार्य करते हुए पिछले दस वर्षों में यह उसका पाँचवाँ ट्रांसफर था। परिमल अविवाहित और अधेड़ उम्र का था और बार-बार ट्रांसफर किए जाने में उसे कोई आपत्ति नहीं थी, लेकिन इस बार उसे जैसे यकीन था कि कुछ तो गड़बड़ है। उसके पूर्ववर्ती द्वारा पद छोड़ देने के संबंध में सबकुछ बहुत संदिग्ध था और इस कार्यालय के कामकाज में बहुत कुछ ऐसा था जो सही नहीं लग रहा था।

उसने संग्रह और निर्यात की रिपोर्टों में कई त्रुटियाँ पाईं। मछली के प्रकारों की दैनिक संख्या की गणना करने पर उसने देखा कि निर्यात संख्या रिकॉर्ड से मेल नहीं खाती है। उसने अपने कर्मचारियों को धमकाया, जुर्माना लगाया और उन लोगों में से कुछ को, जिन पर संदेह

था, उन्हें निलंबित भी किया, लेकिन कुछ भी नहीं बदला। वे इस कमी के लिए एक सबसे अनूठा बहाना लेकर आए—उन्होंने दावा किया कि यह मेछो भूत की करतूत है, जो मछली की चोरी करने वाली एक आत्मा है! उन्होंने यह भी बताया कि कनई दास नाम का एक मछुआरा, जो बाँध में मछलियाँ पकड़ते समय जान गँवा बैठा था, गोदाम में भूत बनकर रहता है और मछलियाँ खा जाता है।

परिमल इतनी आसानी से हार मानने वाला नहीं था। उसने भंडारण इकाई में पहरेदारों की संख्या दोगुनी कर दी, लेकिन वह मछलियों के ग़ायब होने को नहीं रोक सका। कभी-कभी वह हाथ में लाठी लिए गोदाम के आसपास चुपचाप घूमा करता था। उसने आसपास ही रहने वाले श्रमिकों के घरों का औचक निरीक्षण भी किया, ताकि पता लगाया जा सके कि मछलियाँ कहाँ ग़ायब हो रही हैं। उसने कार्यस्थल के अंदर और बाहर जाने वाले सभी बैगों को सूँघना भी शुरू कर दिया। जितना अधिक उसने श्रमिकों को प्रताड़ित किया, उतना ही अधिक सभी ने कनाई दास को दोषी ठहराया। परिमल ने अपने दो अधीनस्थों को भी निलंबित कर दिया और उस रात गोदाम की गुप्त निगरानी करने का निर्णय लिया।

वह चोर को रंगे हाथ पकड़ लेता और साबित कर देता कि कार्यालय में हर कोई झूठ बोल रहा है। उसने शाम को उस जगह को खुला छोड़ दिया और पहरेदारों से बचते हुए गोदाम में घुस गया। रात बीतने के साथ वह बाहर हँसते और बातें करते तो सुन सकता था, लेकिन अंदर सब कुछ शांत था। अंततः सुबह के पहले पहर उसने उसे देखा। चोर की गहरी-पतली आकृति खिड़की से अंदर आ रही थी। वह आदमी बक्सों के ढेर पर धीरे-धीरे चलता रहा और फिर एक बक्सा खोल दिया।

अचानक परिमल चिल्लाता हुआ उसकी ओर दौड़ पड़ा। इससे

घबराई वह आकृति खिड़की से कूद कर भागी। परिमल ने उसका पीछा किया। दूसरों को बुलाने का समय नहीं था तो परिमल ने अपनी निगाह उस काली आकृति पर बनाए रखी जो अब गोदाम के बग़ल के मैदान को पार कर रही थी। जब तक वह मुख्य सड़क पर नहीं पहुँच गया, तब तक वह तेज़ी से आगे बढ़ता रहा।

लगभग एक सप्ताह तक प्रभारी अधिकारी का ग़ायब रहना आश्चर्यजनक तो था, लेकिन मत्स्य कार्यालय के शेष सभी के लिए यह राहत की भी बात थी। उन्होंने गुमशुदगी रिपोर्ट दर्ज करा दी और जल्द ही अपनी सामान्य दिनचर्या में लौट आए। एक गार्ड ने दूसरों को यह बताने की कोशिश की कि परिमल के ग़ायब होने के दिन उसने गोदाम में शोर सुना था, लेकिन किसी ने उसकी रिपोर्ट पर अधिक ध्यान नहीं दिया। इसके एक हफ़्ते बाद की बात है जब गार्ड ने गोदाम के अंदर फिर शोर सुना। जब वह अंदर गया और शोर के स्रोत की ओर अपनी टॉर्च जलाई तो वह अपने पूर्व मालिक परिमल को देखकर अवाक रह गया। उसकी आँखें संवेदनशून्य और कहीं खोई हुई दिख रही थीं। परिमल उस बक्से के अंदर झुका जिसे उसने खोला था, एक मछली निकाली, उसका सिर तोड़ कर हटा दिया और उसके काँटों को कुतरने लगा।

मेछो भूत की विशेषताएँ

- यदि मछली के प्रति दीवानगी रखने वाले किसी व्यक्ति की मृत्यु हो जाती है तो वह मेछो भूत बन सकता है।
- वह मछली चुराता है और खाता है।
- आमतौर पर घातक नहीं होता, अगर उसे उसके हिस्से की मछली खाने को दे दी जाए।

मुनीश

बंगाली लोककथाओं में मुनीश को देवदूत माना जाता है। माना जाता है कि मुनीश जिस परिवार की रक्षा करता है, उसके घर के आँगन में वास करता है। वह सफ़ेद कपड़े और खड़ाऊँ पहनता है और रात में पहरेदारी करता है। कुछ लोगों का कहना है कि वे परिवार के सदस्यों के सपनों में नज़र भी आते हैं। वे जब संतुष्ट होते हैं तब सपनों में प्रकट होते हैं और कल्याण का आश्वासन देते हैं। यदि मुनीश दुखी हों तो परिवार के नवजातों और शिशुओं में बुरे सपनों और अनिद्रा का कारण बन सकते हैं।

कुछ अपवादों को छोड़कर मुनीश की पूजा करना शुभ शगुन माना जाता है।

वे एक प्रकार की अतृप्त आत्माएँ हैं जो जीवन और मृत्यु के बीच एक संक्रमणकालीन चरण में विचरती रहती हैं। ऐसा माना जाता है कि परिवार का कोई भला, अत्यधिक धार्मिक सदस्य मरने पर मुनीश बन सकता है ताकि वह अपने परिवार के कल्याण पर नज़र रख सके। परिवार के सदस्य आत्मा को प्रसन्न बनाए रखने के लिए उसकी पूजा

करते हैं।

शिशुओं में अनिद्रा और बुरे स्वप्न उत्पन्न करने के अतिरिक्त मुनीश के पास लोगों को अपनी अप्रसन्नता से अवगत कराने के अन्य तरीक़े भी हैं।

उदाहरण के लिए, तालाब के पास मुनीश के क़दमों की आहट सुनी जा सकती है। यह परिवार के प्रति गहरी नाराज़गी का संकेत होता है। इस परिस्थिति में परिवार के मुखिया को किसी ओझा-तांत्रिक को बुलाना चाहिए और कुछ अनुष्ठान संपन्न कर मुनीश की इच्छाओं से अवगत होना चाहिए। मुनीश की इच्छाओं से अवगत होने के बाद परिवार को ओझा की सलाह का पालन करते हुए उपयुक्त अनुष्ठान संपन्न करना चाहिए। उसे प्रसन्न करने के लिए विभिन्न प्रकार की मिठाइयाँ, दूध और नई धोती समर्पित करनी चाहिए।

अगले दिन, परिवार के सदस्यों को उस तालाब में स्नान करते हुए मुनि को चढ़ाए गए प्रसाद का भोग करना चाहिए और पड़ोसियों के बीच प्रसाद का वितरण करना चाहिए।

मुनीश की विशेषताएँ

- आमतौर पर एक परोपकारी आत्मा।
- परिवार की रक्षा करता है।
- परिवार में हाल में दिवंगत हुए किसी भले और धार्मिक सदस्य की आत्मा।
- बंगाल की लोककथाओं में उनके क़िस्से मिलते हैं।

मुंज्या

हिंदू धर्म में जीवन के चार विशिष्ट आश्रम माने जाते हैं। पहला चरण एक विद्यार्थी के रूप में शुरू होता है। सर्वप्रथम बच्चे का उपनयन या पवित्र धागा (जिसे मराठी में मुंज भी कहा जाता है) संस्कार किया जाता है। यह तब किया जाता है जब बच्चे की उम्र एक विषम संख्या होती है। बच्चे को पवित्र मंत्र दिया जाता है और उसे विलासिता-रहित अनुशासित जीवन जीना होता है। इस आश्रम को ब्रह्मचर्य कहा जाता है।

यह विद्यार्थी एक विद्वान व्यक्ति के रूप में बड़ा होता है और फिर गृहस्थ आश्रम में प्रवेश करता है। वह अब एक गृहस्थ व्यक्ति बन जाता है। शादी की रस्मों के एक अंग के रूप में सोड मुंज की रस्में निभाई जाती हैं। यह भी लगभग उपनयन संस्कार जैसा ही है। उपनयन ब्रह्मचर्य की शुरुआत को चिह्नित करता है और सोड मुंज ब्रह्मचर्य के अंत को। गृहस्थ व्यक्ति एक प्रदाता और देखभाल-कर्ता होता है; उसे अपनी पत्नी और बच्चों की देखभाल करनी होती है।

जब आदमी बूढ़ा हो जाता है तब उससे समाज से दूर जाने की

उम्मीद की जाती है। उसे अपना सारा सामान पीछे छोड़कर जंगल और प्रकृति के बीच एक पवित्र जीवन व्यतीत करना चाहिए। इस आश्रम को वानप्रस्थ कहा जाता है, जिसे पूरा करने के बाद वह प्रार्थना करने और शांतिपूर्ण मृत्यु की प्रतीक्षा करने के लिए तैयार होता है। इस अंतिम चरण को संन्यास कहा जाता है।

सभी लोग जीवन के इस चरण को निर्धारित तरीक़े से पूरा करने में सफल नहीं हो पाते; दूसरे शब्दों में, वे समय-पूर्व मृत्यु के शिकार हो जाते हैं। मुंज और सोड मुंज अनुष्ठानों के बीच की अवधि में मर जाने वाले, यानी जो ब्रह्मचर्य चरण से कभी बाहर नहीं आ पाते, वे इस नश्वर संसार में एक आत्मा के रूप में भटकते रहते हैं, जिन्हें मुंज्या या मुंजा के रूप में जाना जाता है।

मुंज्या पीपल के पेड़ पर या कुओं के पास वास करते हैं। वे लोगों को नुक़सान नहीं पहुँचाते हैं। वे डरपोक और शरारती होते हैं और केवल उन लोगों को डराते हैं जो शाम को पीपल के पेड़ के नीचे या कुएँ के पास अकेले जा रहे होते हैं।

मुंज्या को पेड़ों के चारों ओर कूदने के लिए जाना जाता है, जो मराठी मुहावरे 'बारा पिंपला वर्चा मुंज्या' में प्रकट हुआ है, जिसका अर्थ है एक व्यक्ति जो आराम नहीं कर सकता, बस एक कार्य से दूसरे कार्य में कूदता रहता है।

मराठी लोककथाओं में इस भूत के अवतरण की दो संभावित व्याख्याएँ हैं। पहला यह है कि यह लोगों के लिए एक चेतावनी कथा के रूप में है कि वे शादी करने से संकोच न करें और इस प्रकार अपने जीवन के सबसे अच्छे चरण में प्रवेश करें। दूसरी संभावित व्याख्या यह है कि पीपल का विशाल पत्तेदार पेड़ सूर्यास्त के बाद भारी मात्रा में कार्बन

डाइऑक्साइड उत्पन्न करते हैं। यदि कोई व्यक्ति लंबे समय तक उनकी छाया में रहता है तो उसका दम घुट सकता है या वह मतिभ्रम का शिकार हो सकता है, और इसलिए उन्हें डराने के लिए मुंज्या की अवधारणा विकसित की गई।

मुंज्या की विशेषताएँ

- एक हानिरहित आत्मा।
- सूर्यास्त के समय पीपल के वृक्षों या कुओं के पास पाए जाते हैं।
- महाराष्ट्र में इनके क़िस्से प्रचलित हैं।

नाले बा

जब लोगों को अधिक पता भी नहीं था कि किसी शहर में बहुराष्ट्रीय व्यापार केंद्र होने का अर्थ क्या होता है, तब बंगलौर इस दिशा में आगे बढ़ता हुआ देश भर के लोगों का स्वागत कर रहा था। अमल को इस नए शहर में आकर बसने के लिए ख़ुद का मन बनाने और परिवार को मनाने में थोड़ा समय तो लगा, लेकिन यह अच्छा ही साबित हुआ। उसके छोटे लेकिन आरामदायक फ्लैट ने उसे 'होमसिकनेस' से उबरने में मदद की। हालाँकि, नाक घुसाने वाले पड़ोसी उसे कुछ परेशान करते रहे जो उसे शादी करने के लिए बिन माँगी सलाह देते रहते थे।

उसे थोड़ी खीझ तो होती थी जब पड़ोस के अंकल बार-बार किसी बहाने हाल-चाल पूछने टपक पड़ते थे या जब एक बार विवाह योग्य एक पड़ोस की लड़की की माँ ने बेटी की हाथ की पकी मछली कढ़ी लाकर उसे चौंका ही दिया था, लेकिन अमल को पास-पड़ोस की यह गर्मजोशी अच्छी ही लगती थी। जब भी दरवाज़े की घंटी बजती, उसे आह भरते हुए टीवी पर अपना पसंदीदा कार्यक्रम छोड़ना पड़ता, क्योंकि घंटे भर से

पहले तो कोई टलता ही नहीं था। कभी-कभी तो एक ही समय दो लोग आ टपकते। एक शाम जब श्री चतुर्वेदी बैठे हुए थे और उसे राजनीतिक विचारों पर मुफ़्त की सलाह दे रहे थे, तभी किसी ने दरवाज़े पर हल्की दस्तक दी। अमल दरवाज़े की ओर बढ़ ही रहा था कि श्री चतुर्वेदी ने उसका रास्ता रोक दिया और ख़ुद दरवाज़े के पास जाकर भारी आवाज़ में बोल पड़े—'नाले बा' (यानी 'कल आना')।

उन्होंने अमल को सलाह दी कि वह कभी भी घंटी के बजाय दस्तक दिए जाने पर दरवाज़ा न खोले। श्री चतुर्वेदी की इस अशिष्टता से कुछ शर्मिंदा महसूस करते हुए अमल ने सोचा कि शायद उसके पड़ोसियों के आपसी रिश्ते शत्रुतापूर्ण हैं। श्री चतुर्वेदी असहज दिखे जब अमल ने कहा कि देखना तो चाहिए कि दरवाज़े पर कौन है, फिर वे तुरंत ही चले गए। अमल को लग रहा था कि श्री चतुर्वेदी जानते हैं कि दरवाज़े पर कौन है।

अगले दिन उत्सुकता में अमल कई पड़ोसियों से मिला और पता लगाने की कोशिश की कि उसके दरवाज़े पर कौन आया था, लेकिन कोई कुछ बता नहीं सका। उसने अक्सर उससे मिलने आने वाले परिवारों में से भी एक से पूछा तो वे कुछ असहज दिखे और बताया कि वे कभी दस्तक नहीं देते और आवश्यकता पड़ने पर घंटी ही बजाते हैं। अमल उस रहस्यमय आगंतुक का पता लगाने में विफल रहा। श्री चतुर्वेदी भी फिर कभी उससे मिलने नहीं आए। अमल कभी-कभी उनके घर जाता था, जहाँ उसका अभी भी स्वागत किया जाता था, लेकिन श्री चतुर्वेदी अमल के फ्लैट पर आने से परहेज़ ही करते रहे।

एक दिन आधी रात को उसके दरवाज़े पर दस्तक हुई। अमल को दरवाज़े तक जाते झिझक हुई और उसने सोचा कि पड़ोसी ठीक ही कहते हैं, इतनी रात को कोई फ्लैट पर क्यों आएगा? अपनी उत्सुकता दबा

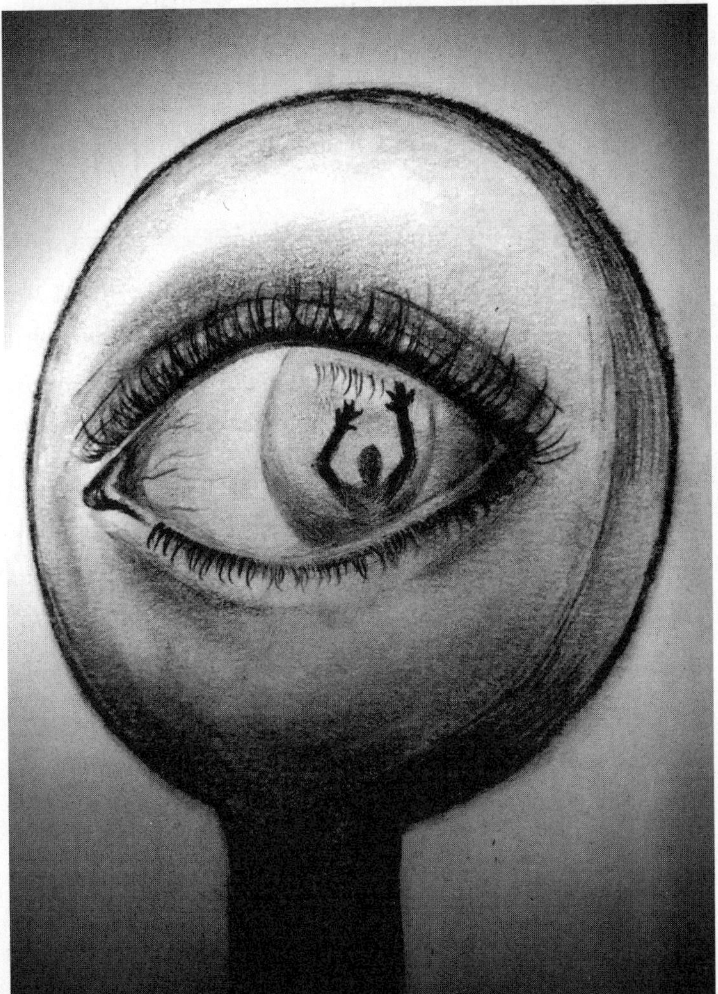

सकने में असफल अमल ने दरवाज़े के पीहोल से झाँकने का फ़ैसला किया। उसने देखा कि एक आँख दूसरी ओर से अंदर झाँक रही है।

अमल हैरानी से पीछे हट गया और उसने दरवाज़ा नहीं खोलने का फ़ैसला किया। जैसा श्री चतुर्वेदी ने किया था, वैसे ही वह बुदबुदाया— 'नाले बा'। कुछ देर में उसने फिर से झाँक कर देखा। अब वह झाँकती हुई आँख नज़र नहीं आई।

अगले दिन वह श्री चतुर्वेदी से मिलने गया, जिन्होंने उसे एक दुष्ट आत्मा की भयानक कहानी सुनाई जो कभी-कभी रात में दरवाज़े पर दस्तक देती थी। उसे 'नाले बा' या 'कल आना' कहकर टाला जाता था।

अमल को कुछ असहजता हुई लेकिन उसे समझ नहीं आया कि उसे इस कहानी पर यक़ीन करना चाहिए या नहीं। लेकिन फिर कभी किसी ने उसका दरवाज़ा नहीं खटखटाया और धीरे-धीरे वह यह सब भूल गया।

थोड़े ही समय बाद उसे ऑफिस में प्रमोशन मिला और फिर उसकी शादी भी तय हो गई। पास-पड़ोस के सब लोग उसकी शादी के जश्न में शामिल हुए। अमल को हैरत हुई कि कैसे उसके करियर की प्रगति ने उसे लोकप्रिय बना दिया था। लेकिन फिर चीज़ें बिगड़ने लगी। उसकी कंपनी काले धन के घोटाले में लिप्त पाई गई और अमल का नाम भी उससे जुड़ा हुआ था। पास-पड़ोस में उसकी छवि बिगड़ गई। मकान मालिक ने उसे घर ख़ाली करने का नोटिस दे दिया था। पड़ोसी भी उससे दूर रहने लगे। दुखी और हताश होकर अमल ने आत्महत्या कर लेने की सोची। जब वह अपने फ्लैट में छत के पंखे से रस्सी बाँध रहा था तो उसके अंदर पड़ोसियों के लिए कड़वाहट भरी हुई थी।

ठक ठक ठक! अंततः शायद कोई उसका हाल-चाल पूछने दरवाज़े पर आया था। उसने दरवाज़ा खोला।

बाहर कोई नहीं था। कॉरिडोर चेक करने के बाद वह वापस अंदर आ गया। उसका सिर भारी और चक्कर खाता सा महसूस हो रहा था। छत की ओर देखने पर उसने महसूस किया कि फंदा थोड़ा झूल रहा है। वह बीमार महसूस कर रहा था। उसके सीने में दर्द होने लगा और उसे घुटन महसूस हुई। वह किसी से मदद माँगने के लिए बाहर निकला और बगल के अपार्टमेंट की घंटी बजाई। घंटी नहीं बजी तो उसने दरवाज़ा खटखटाया।

'नाले बा'—उधर से आवाज़ आई।

वह वहीं जैसे जमकर रह गया। हर दरवाज़े से यही जवाब मिलने के बाद वह काँपते हुए पैरों से वापस लौटा तो अपने घर का दरवाज़ा अधखुला पाया। उसका मृत शरीर वहीं दरवाज़े पर पड़ा हुआ था।

नाले बा की विशेषताएँ

- रात में दरवाज़े खटखटाता है।
- यदि कोई दरवाज़ा खोलता है तो यह उसकी मौत का कारण बनता है।
- बैंगलोर में उसके क़िस्से ख़ूब प्रचलित हुए थे।

निशिडाक

'हराधन!'

रामकाली तांत्रिक की तेज़ आवाज़ आँगन में गूँज उठी। हराधन घर पर नहीं था। उसकी पत्नी रामकाली के लिए मुट्ठी भर चावल लिए दरवाज़े पर दौड़ी आई।

'तुमने बहुत समय लिया! मुझे कभी दुबारा आवाज़ लगाने के लिए विवश मत करना।'

'फिर कभी नहीं, ठाकुर!' उसने दया की भीख माँगी। रामकाली अगले घर की ओर चल पड़ा। क़रीब एक दशक तक वह इन लोगों का उद्धारकर्ता बनकर गाँव के किनारे रह रहा था। हर कोई उसे गाँव की रक्षा करने वाले तांत्रिक के रूप में स्वीकार करता था। वह समय-समय पर उनके घर आता था और भिक्षा माँगता था, जिसे ग्रामीण कभी श्रद्धा के रूप में तो कभी भय से उसे सौंप देते। रामकाली ने उन्हें आगाह कर रखा था कि उसकी पहली पुकार पर आ जाया करें। वह कभी दो बार आवाज़ नहीं लगाता था। अगर कोई पहली पुकार पर बाहर नहीं आता तो

वह चला जाता था। यदि किसी व्यक्ति के भाग्य में मृत्यु ही लिखी हो तो वह दो बार आवाज़ लगाता और फिर परिवार पर विपदा ही आ जाती। तांत्रिक की पुकार का जवाब न देने पर ग्रामीणों ने टिंकोरी की सबसे बड़ी बेटी की रहस्यमयी मौत होती देखी थी।

रामकाली गिरिदास के घर के दरवाज़े पर एक पल के लिए रुका। उसने सुना था कि पिछले माह उसके परिवार में एक शिशु का जन्म हुआ है। लेकिन बच्चे को अभी तक पवित्र करने के लिए नहीं लाया गया था! रामकाली नियमों का पालन नहीं करने वाले लोगों पर बेहद नाराज़ होता था। कुछ साल पहले वे अपने सबसे बड़े बेटे को लेकर भागते हुए रामकाली के पास आए थे जिसके पेट में तेज़ दर्द हो रहा था। वह अपनी मुस्कान नहीं छुपा सका जब उसे याद आया कि उसने चीनी की चाशनी दिव्य बूँदें कहकर दे दिया था जिससे बच्चे का पीलिया ठीक हो गया था। उसने अपने गुरु से ये सब चालें सीखी थी। वह लोगों के संकट दूर करने के कुछ बुनियादी तरीक़े जानता था। हालाँकि, कभी-कभार आपको चमत्कार भी दिखाना पड़ता है। गिरिदास के सबसे बड़े बेटे को ठीक करना ऐसा ही एक चमत्कार था जिसने रामकाली की दिव्य शक्तियों के बारे में लोगों को भरोसे में ले रखा था।

'गिरिदास!' रामकाली ने ज़ोर से उसके दरवाज़े के सामने आवाज़ लगाई।

उसकी आवाज़ से हमेशा ग्रामीणों में खौफ़ पैदा होता था। उसकी आवाज़ पर परिवार के लोग दौड़े हुए आए और बच्चे को उसके पास नहीं लाने की ग़लती के लिए रहम की भीख माँगने लगे। उन्होंने बच्चे की माँ को दोषी ठहराया, जो गिरिदास के छोटे भाई की पत्नी थी और जिसने अपने बेटे को पवित्रकरण के लिए ले जाने से इनकार कर दिया था।

उसके मन में ऐसे अनुष्ठानों के लिए कोई सम्मान नहीं था और उसने घर के बड़ों की बात मानने से इनकार कर दिया था।

यह सुनकर रामकाली के ज़ेहन में एक स्मृति कौंध गई। उसे याद आया कि पिछली बार टिंकोरी की पत्नी ने ग्रहण की रात को किए गए यज्ञ संस्कार में आने से मना कर दिया था। अन्य सभी औरतें, जिन्हें उसने इसमें भाग लेने का अवसर दिया था, अभिभूत थीं और उन्होंने ख़ुद को उसकी इच्छा के लिए समर्पित कर दिया था। उसे क्रोध आता था जब लोग नियति के प्रकोप को नकारने का दुस्साहस करते थे।

'गिरिदास, तुम्हें पता है कि निशि तुम्हारे लिए आ सकती है और तुम्हारे परिवार पर विपत्ति ला सकती है?'—रामकाली की आवाज़ शांत और गंभीर थी।

इससे पहले कि गिरिदास कुछ जवाब देता, भीड़ भरे कमरे के पीछे से एक युवती की थोड़ी डरी हुई लेकिन मज़बूत आवाज़ सुनाई दी—'निशि उस व्यक्ति को बुलाती है जिसे वह नुक़सान पहुँचाना चाहती है। मैंने इसके बारे में पढ़ा है। इस गाँव की औरतों के लिए वह भला क्यों आएगी?'

रामकाली को अपने कानों पर विश्वास नहीं हुआ। उसके जीवन में कभी किसी ने उससे सवाल करने की हिम्मत नहीं की थी। गोद में बच्चा उठाए चमकती आँखों और घुँघराले बालों वाली वह युवती उसकी आँखों में आँखें डाले देख रही थी। कमरे में सन्नाटा छा गया। वे एक तांत्रिक के सामने इस तरह के दुस्साहस के परिणामों से भयभीत हो गए।

'अच्छा है कि तुमने उनके बारे में पढ़ा है। क्या तुमने पढ़ा है कि जब निशि किसी व्यक्ति को बुलाती है, तो केवल वही उसकी आवाज़ को सुन सकता है? किसी को नहीं पता होता जब अभागों के लिए अंतिम

आवाज़ लगाई जाती है। आने वाली आपदा से अवगत कराने के लिए मैं परिवार के किसी व्यक्ति को उसके नाम से दो बार पुकारता हूँ। मैं ऐसे हादसों का पूर्वाभास कर सकता हूँ।'

कमरे में तनाव कुछ हल्का हो गया। हर कोई इस जवाब पर जैसे आभारी महसूस कर रहा था और परिवार के लिए और आशीर्वाद माँग रहा था। युवती ने और कुछ नहीं कहा, लेकिन उसने फिर भी बच्चे को रामकाली के चरणों में आशीर्वाद के लिए पेश करने से इनकार कर दिया। वह चुपचाप अपने बच्चे को लेकर कमरे से बाहर निकल गई। लोग इतने हैरान थे कि उन्हें यह भी समझ नहीं आ रहा था कि रहम की भीख कैसे माँगें। उन्होंने उसे बहुत सी भिक्षा देने की कोशिश की लेकिन रामकाली ने मना कर दिया और घर से बाहर निकल गया।

घर लौटने के रास्ते उसके हाथ उत्तेजना से काँप रहे हैं। उसे कभी किसी औरत की इतनी तेज़ इच्छा नहीं हुई थी। किसी ने उसमें ऐसी उत्तेजना नहीं जगाई थी। वह जानता था कि उसे क्या करना है; बस कुछ ही दिनों की बात है और वह परिवार को संकट में डाल अपनी इच्छा की पूर्ति कर सकता है। उसने धीरे-धीरे इस दिशा में आगे बढ़ने की योजना बनाई जैसा वह अतीत में कर चुका था। उस युवती के सिर की घुँघराली लटों से बस एक बार तो मन नहीं भर सकता!

जब वह घर पहुँचा तो घंटों बेचैन रहा। उसे आज अच्छी मात्रा में खाने-पीने की चीज़ें मिली थीं, लेकिन उन्हें छाँटने या शाम की रसोई शुरू करने में उसे कोई दिलचस्पी नहीं थी। इसके बजाय वह अँधेरे में अपने आँगन में भटकता रहा। घर के पीछे का बड़ा पेड़ एक लंबी छाया डाल रहा था जिससे झोपड़ी और भी अँधेरी लग रही थी। रात का घना सन्नाटा बस रामकाली के क़दमों की आहट से ही टूट रहा था। पेड़ बिल्कुल

शांत खड़ा था, हवा में पत्तों की सरसराहट तक नहीं हो रही थी। थोड़ी भी हवा नहीं चल रही थी। रामकाली ने चलना बंद किया और उस भयानक सन्नाटे में किसी भी तरह की आवाज़ की प्रतीक्षा करने लगा।

'रामकाली...रामकाली...!'

निशिडाक की विशेषताएँ

- एक दुष्ट आत्मा की आवाज़ जो रात में दो बार पुकारती है।
- उत्तर देने पर शिकार बर्बाद हो जाता है।
- इसका सामना करने वाला कहानी सुनाने के लिए जीवित नहीं रहता।
- अत्यंत ख़तरनाक।
- लोककथाओं में सलाह दी गई है कि रात में जब तक तीन बार न पुकारा जाए, तब तक जवाब नहीं देना चाहिए।
- बंगाल की कथाओं में इसका उल्लेख मिलता है।

पनडुब्बा

गाँव में तालाब होने का सबसे अधिक मज़ा यह है कि इसके पास बैठ सकते हैं, ख़ासकर शाम के समय जब हवा चल रही होती है। गर्म दोपहरी में ग्रामीण तालाब के किनारे कुछ राहत पाने और सुस्ताने बैठ सकते थे। एक थकाऊ दिन के बाद साथ बैठने, बोलने-बतियाने या ताश खेलने की यह अनुकूल जगह थी। जब हीरालाल अपनी पत्नी के साथ ससुराल आया तो वह अपना समय इसी तालाब के किनारे या आस-पास गाँव वालों के साथ घूमने में बिताया करता था।

पत्नी के साथ उसका जीवन अधिकांश शांतिपूर्ण ही था, बस एक ही समस्या थी। उसकी पत्नी बीड़ी पीने की उसकी लत से परेशान रहती थी। उसे इसकी गंध एक़दम पसंद नहीं थी और जब भी हीरालाल कश लेने के लिए बीड़ी जलाता, वह इसकी असहनीय गंध की शिकायत करने लगती। इसलिए वह हमेशा घर के बाहर ही बीड़ी पीने का प्रयास करता। रात में कभी उसे नींद नहीं आती तो भी वह घर के पीछे जाकर ही शांति से बीड़ी के कश लेता। शादी से पहले वह सुबह शौच करते समय बीड़ी

पिया करता। लेकिन अब शौचालय में बीड़ी की गंध को लेकर उसकी पत्नी की शिकायतों के कारण वह हर दिन सुबह जल्दी उठकर ही शौच से निवृत्त हो लेता ताकि और लोगों के शौचालय इस्तेमाल करने तक गंध मिट जाए। कभी जब वह देर तक सोया रह जाता तो फिर उसे शौच के लिए खेतों में जाना पड़ता। ससुराल में भी यही नियम रहा। कभी ससुर के साथ बैठता तो वे बताते कि कैसे उसकी सास के रोज़ की झिक-झिक के कारण उसे बीड़ी पीना छोड़ना पड़ा। कभी-कभी जब दोनों की पत्नियाँ दोपहर में सो रही होतीं तो वे घर के पिछवाड़े जाकर कश लगाया करते।

तालाब हीरालाल के लिए राहत था क्योंकि ग्रामीण वहाँ साथ बैठकर बीड़ी पीते थे। लेकिन उसे पता नहीं क्यों ऐसा लगता कि इस गाँव में कुछ तो अजीब है। एक बार उसने देखा कि एक आदमी लोगों की ओर आया और बीड़ी माँगी तो लोग तुरंत वहाँ से दूर हट गए और हीरालाल को भी साथ खींचते ले गए। इस बात से हैरान हीरालाल को उस आदमी पर दया आई। उसने एक बीड़ी ही तो माँगी थी! ज़रूर उस अभागे के साथ भी उसकी तरह या उसके ससुर की तरह घर में बीड़ी पीने पर परेशानी रही होगी। लोगों ने उसे एक कश भी क्यों नहीं खींचने दिया? लेकिन गाँव वाले उसके सवालों का जवाब नहीं देना चाहते थे। बाद में, उसके ससुर ने उसे बताया कि ग्रामीण लोककथा में सलाह दी गई है कि तालाब के किनारे कोई बीड़ी माँगे तो उसे नहीं देना चाहिए। यह पनडुब्बा भूत होता है जो तालाब के किनारे बीड़ी माँगता है। यदि उसके साथ बीड़ी या कश साझा किया जाए तो वह हाथ पकड़ लेता है और तालाब में खींच उस व्यक्ति को डूबा देता है।

हीरालाल ने सोचा कि यह क़िस्सा बस लोगों को बीड़ी की साझेदारी से हतोत्साहित करने के लिए है। उसने ताज्जुब किया कि इस गाँव के

लोगों को, विशेषकर औरतों को बीड़ी से इतनी चिढ़ क्यों है। उसे यहाँ शादी करने से पहले इन बातों का पता लगाना चाहिए था। घर के पीछे साथ बीड़ी फूँकते उसके ससुर भी उससे सहमत हुए। दुर्भाग्य से, उन्हें बीड़ी फूँकते उसकी पत्नी ने पकड़ लिया, जिसने शोर मचाकर अपनी माँ को बुला लिया। दोनों औरतों ने बूढ़े को भी इसमें घसीटने के लिए हीरालाल को ख़ासतौर पर डाँट लगाई। उसने और उसके ससुर ने सफ़ाई देने की कोशिश की लेकिन वे कुछ सुनने को तैयार नहीं थीं। उन्होंने बीड़ी के बंडल के साथ बटुआ भी ले लिया। हीरालाल ने कुछ विरोध किया और अपनी बात समझाने की कोशिश की, लेकिन सब व्यर्थ। कुछ देर बाद वह घर से निकला और तालाब किनारे जाकर बैठ गया।

इलाक़ा सुनसान था। वह अपने ही ख़यालों में खोया हुआ था और ध्यान नहीं दिया कि कोई उसके पास आकर बैठ गया है। यह वही आदमी था जिसे उस दिन लोगों ने बीड़ी देने से मना कर दिया था। हीरालाल ने सोचा कि यह आदमी भी उसकी जैसी ही स्थिति में फँसा होगा। उसने उससे शालीनता से बात करने की कोशिश की। वह आदमी हैरान दिख रहा था। हीरालाल ने उस आदमी से एक बीड़ी माँगी।

हैरान हुआ वह आदमी खड़ा हो गया। हीरालाल ने उसे शांत करने की कोशिश की, लेकिन जितना अधिक उसने उससे बात करने की कोशिश की, वह आदमी उतना ही भयभीत होता गया। फिर वह तालाब की ओर दौड़ा और पानी में उतर गया। हीरालाल ने उसका पीछा किया, लेकिन उसे आश्चर्य हुआ कि पानी में कोई नहीं था।

उसने मुड़कर देखा तो उसे कुछ भयभीत चेहरे नज़र आए जिन्होंने यह पूरी घटना देखी थी और अब उसे घूर रहे थे। उस दिन के बाद से हीरालाल प्रसिद्ध भूत भगाने वाले के रूप में जाना जाने लगा और विडंबना यह कि अब कोई भी, यहाँ तक कि दुकानदार भी उसे बीड़ी नहीं देते थे।

पनडुब्बा की विशेषताएँ

- तालाब में वास करता है।
- बीड़ी माँगता है। यदि उसके साथ बीड़ी या कश साझा किया जाए तो वह हाथ पकड़ लेता है और तालाब में खींच उस व्यक्ति को डुबा देता है।
- बिहार के गाँवों में उसके क़िस्से प्रचलित हैं।

पिशाच

हिंदू पौराणिक कथाओं में वर्णित दुष्टात्माओं और भूत-प्रेत योनियों में पिशाच उनमें शामिल हैं जो अत्यंत घातक होते हैं। वे पैशाची भाषा बोलते हैं और काले मानवाकार शरीर, उभरी हुई नसें और विशाल, भयंकर, लाल आँखों के साथ भयानक रूप वाले होते हैं।

आसपास के भूत-प्रेतों के विपरीत, पिशाच का जन्म मृत लोगों की आत्माओं से नहीं होता, बल्कि उनकी अलौकिक उत्पत्ति होती है। वे श्मशान के आसपास रहते हैं और भूत, प्रेत, वेताल उनके साथी-सहचर होते हैं। पिशाच इंसानों को अपने वश में कर सकते हैं, अपनी इच्छानुसार आकार ग्रहण कर सकते हैं और जब चाहें मनुष्य की नज़र से ग़ायब हो सकते हैं।

पिशाच के क़ब्ज़े से किसी मानव शरीर को मुक्त कराने के लिए धार्मिक अनुष्ठानों की व्यवस्था है। पिशाचों में लोगों को पागल कर देने और उनके मस्तिष्क पर नियंत्रण कर लेने की शक्ति होती है जिससे लोग समय-समय पर बेहोश होते रहते हैं।

पिशाचों को अभिमंत्रित तलवार के वार से मारा जा सकता है। लेकिन मारे जाने के बाद भी उनकी आत्माएँ उस स्थान पर भटकती रहती हैं जहाँ उन्हें जलाया या दफनाया गया हो। उस स्थान को उनके बुरे प्रभाव से मुक्त कराने के लिए उपयुक्त धार्मिक अनुष्ठान कराने होते हैं। हिंदू पौराणिक कथाओं में पिशाचों को ऋषि कश्यप और क्रोधा या क्रोधावशा (हिंदू देवता दक्ष की एक पुत्री) की संतान के रूप में वर्णित किया गया है।

थाईलैंड में हिंदू-बौद्ध परंपरा की लोककथाओं में भी पिशाचों का वर्णन मिलता है और उन्हें कई बौद्ध मंदिरों में चित्रित किया गया है।

पिशाचों की विशेषताएँ

- एक राक्षसी आत्मा।
- इसका सामना होना आमतौर पर घातक होता है।
- अलौकिक उत्पत्ति।
- संपूर्ण भारत और दक्षिण पूर्व एशिया में उनके क़िस्से पाए जाते हैं।

प्रेत

'प्रेत' शब्द संस्कृत भाषा से आया है। भारत, श्रीलंका, चीन, जापान, कोरिया, वियतनाम, तिब्बत, थाईलैंड, कंबोडिया, लाओस और म्यांमार की सांस्कृतिक कथाओं में हिंदू, बौद्ध और ताओ सहित सभी धर्मों में प्रेत का उल्लेख मिलता है। चीनी संस्कृति में 'इगुई' या एक 'हंगरी घोस्ट' का उल्लेख मिलता है, जिसकी छवि प्रेत से मिलती-जुलती है। माना जाता है कि इन अलौकिक प्राणियों की उत्पत्ति भारतीय धर्मों के अंदर हुई और बौद्ध धर्म के प्रसार के साथ प्रेतों की कहानियाँ पूरे एशिया में फैल गईं। धारणा है कि प्रेत कभी न बुझने वाली प्यास और कभी न मिटने वाली भूख से तड़पते भूत होते हैं।

300 ईसा पूर्व से ही बौद्ध धर्म की प्राचीनतम शाखा थेरवाद के पेटावत्थु जैसे ग्रंथों में उनका उल्लेख मिलने लगता है, जहाँ उन्हें एक सामान्य भूत बताया गया है, लेकिन बाद में उनका उदय मृत्यु और पुनर्जन्म के बीच झूलते प्राणी के रूप में हुआ। कई एशियाई संस्कृतियों में यह धारणा है कि हर किसी को कर्म-संबंधी पुनर्जन्म के चक्र से गुज़रना

पड़ता है। जब किसी व्यक्ति की मृत्यु होती है और उसका परिवार साल भर के अंदर उसकी आत्मा को मुक्ति दिलाने और उसकी अगली यात्रा का मार्ग दिखाने के लिए उपयुक्त अनुष्ठान का आयोजन नहीं करता तो उसकी आत्मा अनंत काल के लिए प्रेत योनि के रूप में फँस जाती है।

माना जाता है कि जो लोग अपने जीवनकाल में झूठे, भ्रष्ट, चालाक, ईर्ष्यालु या लालची होते हैं, अपनी मृत्यु के बाद वे प्रेत बन जाते हैं। वे दुष्ट प्रवृत्ति रखते हैं और अपने कर्मों के कारण हमेशा एक अतृप्त भूख के शिकार होते हैं। सामान्य परिस्थितियों में मनुष्यों द्वारा प्रेत को देखा नहीं जा सकता है, लेकिन कभी-कभी उन्हें सिकुड़े हाथ-पैर, लंबी गर्दन और एक धँसे हुए पेट के साथ ममी जैसे मानव रूप में देखा जा सकता है। कुछ संस्कृतियों में उन्हें धुएँ या आग के गोले का आकार धारण करते हुए दर्शाया गया है, जबकि कुछ अन्य स्थानों पर उन्हें मंदिरों से टपकते हुए पानी को चाटते हुए दिखाया गया है। वे सुनसान इलाक़ों में भटकते हैं और चूँकि उनके लिए भोजन पाना कठिन होता है, वे हमेशा भूख से तड़पते रहते हैं। प्रेत के कष्टों की तुलना अक्सर नरक भोगने वाले प्राणियों से की जाती है; अंतर केवल यह है कि प्रेत हमारी दुनिया में घूम सकते हैं, लेकिन नरकभोगी वहाँ से बाहर नहीं निकल सकते।

कुछ हिंदू शास्त्रों में उन्हें पुनर्जन्म के लिए बाध्य आत्मा माना जाता है। आत्मा की अनित्य अवधि शुद्ध होती है और भौतिक जन्म प्राप्ति के अंतिम रूप को छोड़कर हर चक्र में उन्हें देवताओं के समान पूज्य माना जाता है। अगले जन्मों का रास्ता दिखाने और प्रेत योनि से बच सकने के लिए पितरों को चावल के पिंड चढ़ाए जाते हैं।

बौद्ध संस्कृति में प्रेत को अस्तित्व के पाँच रूपों में से एक माना जाता है। जापान में उन्हें 'गाकी' कहा जाता है और पीड़ा से उनकी मुक्ति

के लिए अनुष्ठान कर प्रसाद चढ़ाए जाते हैं। श्रीलंकाई संस्कृति में माना जाता है कि अधिक लालची मनुष्य प्रेत के रूप में पुनर्जन्म पाते हैं।

प्रेतों को अभागे अलौकिक प्राणियों के रूप में दया से देखा जाता है और कुछ बौद्ध मठों में भिक्षु भोजन ग्रहण करने से पहले उन्हें भोजन, पैसा आदि समर्पित करते हैं। तिब्बती बौद्ध परंपराओं और चीनी ताओवादी परंपरा में उनके महत्त्व का सम्मान किया जाता है और उनके लिए काग़ज़ की मूर्तियाँ एवं भौतिकवाद के अन्य प्रतीक जलाए जाते हैं।

अधिकांश प्रेतों को केवल 'चिड़चिड़ा' माना जाता है, सिवाय उस क्षण के जब वे ख़ून के प्यासे होते हैं। वे अपना चेहरा बदल सकते हैं, अदृश्य हो सकते हैं और मनुष्यों को डराने के लिए जादू और भ्रम के साधनों का उपयोग कर सकते हैं। वे मनुष्यों को उनके लक्ष्य से भटकाने या उसकी पूर्ति में बाधा उत्पन्न करने के लिए भी जाने जाते हैं।

प्रेत की विशेषताएँ

- कई एशियाई संस्कृतियों में पाया जाने वाला एक अलौकिक प्राणी।
- वे हंगरी घोस्ट या भूखे भूत भी कहे जाते हैं।
- माना जाता है कि यदि कोई व्यक्ति अपने जीवन-काल में दुष्ट था या मृत्यु के बाद उसका उपयुक्त अंतिम संस्कार नहीं किया गया तो वह प्रेत के रूप में मृत्यु और पुनर्जन्म के बीच भटकता रहता है।
- प्राय: कोई नुक़सान नहीं पहुँचाता।

राक्षस

भारतीय मिथक, वांग्मय और लोककथाओं में राक्षस महत्त्वपूर्ण भूमिका निभाते नज़र आते हैं। वे हिंदू पौराणिक कथाओं में कुख्यात हैं, जो देवता समान शक्तियाँ रखते हैं। वे असुरों के समान हैं जो अक्सर मानव रूप धारण करते हैं और मनुष्यों का भक्षण करते हैं। पौराणिक कथाओं के अनुसार, सतयुग के अंत में जब ब्रह्मा सो रहे थे, तब वे ब्रह्मा की साँस से उत्पन्न हुए। ये रक्तपिपासु जीव स्वयं ब्रह्मा का ही भक्षण करने लगे। जब विष्णु ने मदद के लिए उनकी पुकार सुनी तो इन सभी जीवों को पृथ्वी पर निर्वासित कर दिया। ब्रह्मा द्वारा 'रक्षा मा' (मेरी रक्षा करो) की चीख-पुकार के आधार पर ही उनका नाम राक्षस पड़ा। ऋग्वेद में उन्हें मिथकीय अलौकिक प्राणियों के रूप में वर्गीकृत किया गया है, जो कच्चे माँस का भक्षण करते हैं। इंडोनेशियाई और मलय जैसी अन्य भाषाओं में राक्षस शब्द का अर्थ विशाल या दैत्याकार होता है। बंगाल में यह शब्द किसी ऐसे व्यक्ति के लिए इस्तेमाल किया जाता है, जो बिना रुके बहुत भोजन करता है।

राक्षसों को विशाल, भयावह और बदसूरत बताया गया है; उनके दो बड़े नुकीले दाँत और लंबे पंजे होते हैं। वे उड़ सकते हैं, अदृश्य हो सकते हैं और माया रचते हुए किसी भी प्राणी का रूप धारण कर सकते हैं। वे महान योद्धा भी थे। रामायण और महाभारत में उनका उल्लेख अच्छे और बुरे दोनों रूपों में किया गया है। उन्होंने कुछ सरदारों के अधीन सैनिकों के रूप में युद्ध लड़े और युद्ध के मैदान में शत्रु सैनिकों को बहुत नुक़सान पहुँचाया।

रामायण में लंका के लोगों को राक्षस बताया गया है। वे अपने राजा रावण की सेवा करते थे और राम की सेना के विरूद्ध युद्ध में भाग लिया था। रावण के भाई कुंभकर्ण का वर्णन एक विशालकाय शरीर वाले राक्षस के रूप में मिलता है जो सोता रहता था और उठने पर अत्यधिक मात्रा में भोजन करता था। उसने राम की वानर सेना के विरुद्ध युद्ध किया था। इसके विपरीत, रावण का एक अन्य भाई विभीषण एक अच्छा राक्षस था और उसने राम को युद्ध जीतने में मदद की थी।

महाभारत में हिडिम्ब एक नरभक्षी राक्षस था जो भीम के हाथों मारा गया। उसकी बहन राक्षसी हिडिम्बा या हिडिम्बी ने पांडवों को पहले सूचना दे दी थी कि उसका भाई हमला कर सकता है। बाद में भीम ने हिडिम्बी से विवाह कर लिया, जिनसे उनका पुत्र घटोत्कच उत्पन्न हुआ, जिसे राक्षस ही माना जाता है। घटोत्कच ने कुरुक्षेत्र के युद्ध में भाग लिया था और कर्ण द्वारा शक्ति नामक दिव्य अस्त्र के प्रयोग से मारे जाने से पहले उसने अपनी विशेष शक्तियों की मदद से कौरव सेना को भारी नुक़सान पहुँचाया था।

हिंदू ग्रंथों के अलावा बौद्ध-जैन ग्रंथों और लोककथाओं में भी राक्षसों का उल्लेख मिलता है। एक दृष्टांत में राक्षस द्वारा बुद्ध को सताए जाने

का वर्णन मिलता है जहाँ एक राक्षस लंबे समय तक बुद्ध के दिव्य ज्ञान पर सवाल उठाता रहा था। बाद में बुद्ध की दिव्यता से प्रभावित होकर वह उनके धर्म का अनुयायी बन गया।

जैन धर्म में राक्षस की अवधारणा हिंदू और बौद्ध अवधारणाओं से व्यापक रूप से भिन्न है। यहाँ उन्हें एक सभ्य शाकाहारी राज्य से संबंधित लोगों का समूह माना बताया गया है। उनकी नस्ल 'विद्याधर' बताई गई है, जिसका अर्थ है 'ज्ञान से परिपूर्ण' और वे तीर्थंकर के भक्त थे।

माना जाता है कि राक्षस अभी भी हमारे बीच रहते हैं, लेकिन वे मानव आँखों के लिए अदृश्य होते हैं। वे कभी-कभी हानिकारक होते हैं, तो कभी-कभी शांति और पवित्रता के निर्माण और रखरखाव में सहायक होते हैं।

राक्षस की विशेषताएँ

- अलौकिक प्राणियों का एक वर्ग जिनकी उत्पत्ति ब्रह्मा की साँस से हुई मानी जाती है।
- भले या बुरे हो सकते हैं, लेकिन वे आमतौर पर भले ही होते हैं।
- दिखने में डरावने और दैत्याकार होते हैं।
- कई एशियाई संस्कृतियों में उनके उल्लेख मिलते हैं।

रीछ

गहन अध्ययन से शहरी संस्कृति और आदिवासी मान्यताओं के बीच भी कुछ समानताएँ पाई जा सकती हैं। विशेष रूप से भूत-प्रेत संबंधी धारणाओं में यह समानता मिलना आसान है। काली शक्तियों की उत्पत्ति आमतौर पर समाज की सबसे गहरी और गुप्त इच्छाओं से होती है, और फिर शहर हो या सुदूर जंगल—कोई फ़र्क़ नहीं रह जाता। रीछ नामक दुष्टात्मा की उत्त्पत्ति मानव मन की ऐसी ही बुरी और गुप्त इच्छा से हुई है।

मध्य प्रदेश के जंगलों में रहने वाली जनजातियों का दावा है कि एक दुष्टात्मा उनकी औरतों को गाँव से उठा ले जाता है और उनकी यौनिक प्रताड़ना करता है। उनका लक्ष्य इन औरतों से बच्चे पैदा करना होता है ताकि उनकी अपनी आबादी में वृद्धि हो। यौन शोषण के बाद उन औरतों का क्या होता है, यह स्पष्ट नहीं है। रीछ के रूप और आकार के बारे में कोई विवरण नहीं मिलता, क्योंकि जो औरतें उनका शिकार होती हैं, वे कोई भी बात बता सकने के लिए जीवित ही नहीं बचतीं। इस दुष्टात्मा के बारे में बस इतना पता है उसका जंगली बर्बर वेशधारी होता है।

हालाँकि, उधर के कुछ गाँवों की यह भी धारणा है कि यदि औरतों को जबरन उठाने की रीछ की आवश्यकता की पूर्ति किसी और तरीक़े से की जाए तो उसे वश में भी किया जा सकता है। इसलिए, वे स्वयं ही कभी-कभी उन्हें एक औरत सौंप देते हैं। कभी-कभी मानव बलि के बदले मुर्गियों या बत्तखों की पेशकश की जाती है।

एक गाँव में मुझे एक ऐसी लड़की की कहानी सुनने को मिली जिसने आदिवासी रीति-रिवाजों को छोड़ना शुरू कर दिया था, क्योंकि गाँव की रूढ़िवादी मान्यताओं में उसकी रुचि नहीं रह गई थी। उसके माता-पिता भी कुछ हद तक व्यवस्था विरोधी थे, इसलिए गाँव के बूढ़े रक्षक द्वारा उनकी बेटी के रवैये के बारे में आगाह किए जाने पर भी उन्होंने कोई परवाह नहीं की। जब उसकी शिक्षा-दीक्षा आगे बढ़ी, तब वे जानते थे कि अधिक समय नहीं लगेगा जब एक दिन वह उनसे कह देगी कि वह इस गाँव को छोड़ना चाहती है और बड़ी दुनिया में उड़ान भरना चाहती है। जिस दिन वह गाँव छोड़ने वाली थी, उससे ठीक एक दिन पहले वह रहस्यमय तरीक़े से ग़ायब हो गई। उसके माता-पिता महीनों उसकी तलाश करते रहे। बाद में किसी ने उन्हें बताया कि उसे कहीं जंगल में देखा गया था, वह गर्भवती थी और जीवन के लिए संघर्ष कर रही थी। इस बात की चर्चा सुन स्थानीय अधिकारियों ने संदेह किया कि यह रीछ की उपस्थिति का प्रमाण हो सकता है। इस दुष्टात्मा को शांत करने के लिए गाँव के बुज़ुर्ग अपहृत लड़की की माँ के पास पहुँचे और उसे समझाने की कोशिश की कि वह दुष्टात्मा के समक्ष ख़ुद की क़ुर्बानी दे ताकि वह गाँव के अन्य लोगों का शिकार न करे। लड़की के पिता ने बहस करने की कोशिश की कि मुर्गियों की भेंट भी तो चढ़ाई जा सकती है, लेकिन सब लोग इतने भयभीत थे कि उन्होंने उसकी एक न

सुनी। इसके बजाय उन्होंने उसे इस आश्वासन के साथ सांत्वना देने की कोशिश की कि समाज के ख़िलाफ़ जाने के उसके पिछले सभी पाप इस कृत्य से क्षमा कर दिए जाएँगे। उसे हैरानी हुई कि उसकी पत्नी ख़ुद को उस दुष्टात्मा को सौंपने को तैयार हो गई। उसने अपने पति से कहा कि अगर वास्तव में कोई रीछ है, तो वह जानती है कि उसकी शक्ति को कैसे कम किया जाए।

अगली सुबह वे अपनी झोपड़ी के पिछले दरवाज़े से गाँव से बाहर निकल गए। पत्नी के हाथ में अभी भी लोहे की रॉड थी जिसपर ख़ून लगा हुआ था। उसने रीछ के पास जाने से पहले इस रॉड को अपने कपड़ों में छिपा लिया था। जैसे ही रीछ ने उस पर हमला किया, उसने रॉड सीधे उसकी एक आँख में घुसेड़ दी, जहाँ उसकी शक्ति थी और उसे मार डाला। उसके इस अत्यंत हिम्मत के कार्य के बाद गाँव में फिर कभी कोई परेशानी नहीं हुई।

रीछ की विशेषताएँ

- एक दुष्टात्मा जो महिलाओं का शिकार करता है, उनका यौन शोषण करता है और उन्हें मार देता है।
- उसकी शक्ति उसकी आँखों में छुपी होती है।
- इससे मुठभेड़ होना जानलेवा हो सकता है।
- विशेष रूप से मध्य प्रदेश के आदिवासी क्षेत्रों में इसके क़िस्से प्रचलित हैं।

रूनिया

पहाड़ों में शाम जैसे एक पर्वत-श्रेणी से दूसरी श्रेणी की ओर लुढ़कती हुई अचानक से आती है। सुरैया ने देखा कि सबसे पास की पर्वत-श्रेणी धीरे-धीरे अँधेरे में पिघल गई। अंतिम रोशनी के फीके पड़ने के साथ वह कहीं दूर से किसी चर्च की घंटियों की ध्वनि सुन पा रही थी। घरों में बल्बों के जलने के साथ पहाड़ पर बिखरे घर जुगनूओं के झुंड से लग रहे थे। सुरैया ने फिर से अपनी कलाई घड़ी देखी। मोहन बस आने ही वाला होगा। उसका दिल सामान्य से अधिक तेज़ी से धड़क रहा था। वह जानती थी कि उसके माता-पिता कुछ समय के लिए बेहद निराशा में डूब जाएँगे। उसने अपनी आँखें बंद की और एक बार फिर क़सम खाई कि वह कुछ दिनों के भीतर घर वापस लौटेगी और मोहन के बारे में उनके ख़यालों को ग़लत साबित कर देगी। भले ऐसा लगता था कि मोहन पर भरोसा नहीं किया जा सकता, लेकिन उसने अपना वादा निभाया था और आज सुबह उससे शादी कर ली थी। कड़ाके की ठंड और चिंता के बावजूद वह मुस्कुरा पड़ी जब उसे अपने नए-नवेले पति के ख़ुशगवार चेहरे का

ख़याल आया। वह आज सुहागरात के लिए उसे कैसे मना कर सकती थी! आकुलता से उसने फिर अपनी घड़ी पर नज़र डाली।

कुछ चट्टानें उसके पैरों तक लुढ़क कर आईं। शायद हल्का भूकंप आया था, जो इन पहाड़ों में कोई असामान्य बात नहीं थी। प्रत्येक गुज़रते क्षण के साथ वह अपनी धड़कनों को बढ़ता हुआ महसूस कर रही थी। वह ठंडे मौसम की अभ्यस्त थी, फिर भी वह काँप रही थी। वह वहाँ मोहन के आने की प्रतीक्षा कर रही थी जहाँ से वे उस होमस्टे में जाने वाले थे जिसे उन्होंने रात के लिए बुक कर रखा था। उसने अपने पीछे कुछ छोटी चट्टानों के लुढ़कने की आवाज़ सुनी। जैसे ही उसने पीछे मुड़कर देखा वह ख़ुशी से चौंक पड़ी। मोहन सीढ़ियों से उतरता हुआ उसकी ओर आ रहा था।

वह उसकी ओर देख मुस्कुराई। वह थोड़ा उत्तेजित दिख रहा था। सुरैया उसे अकेला देखकर कुछ हैरान हुई। वह शाम के जश्न के लिए अपने दो दोस्तों के साथ आने वाला था।

'वे नहीं आ रहे हैं। वे हमारी शादी को नहीं मानते बल्कि मुझे भी रोकने की कोशिश कर रहे थे। मुझे दूसरे रास्ते से आना पड़ा।'—मोहन नाराज़ लग रहा था।

सुरैया का दिल टूट गया। रजत और सूरी ही तो दो लोग थे जो उनके साथ थे। वह चुपचाप मोहन के पीछे उस होमस्टे की ओर चल पड़ी जो यहाँ से बहुत दूर नहीं था। उसने सोचा कि मोहन को शायद बहुत बुरा महसूस हो रहा है। उसने उसका हाथ भी नहीं पकड़ा और उससे कुछ क़दम आगे चल रहा था। वह आदमी जो आज सुबह इतना ख़ुश था, अब कहीं और गुम हो गया था।

होमस्टे के मालिक एक बुजुर्ग दंपती थे। शहर के शोर-शराबे से

दूर यह जगह रोमांटिक एकांत के के लिए आदर्श जगह थी। मोहन ने पहले भी यहाँ कमरा बुक किया था, इसलिए उन्हें चेक-इन करने में कोई परेशानी नहीं हुई। बुजुर्ग दंपती ने नवविवाहितों के स्वागत के लिए बेडरूम में कुछ फूल भी रखवा दिए थे। सुरैया ने महसूस किया कि रात की संभावनाओं के बारे में सोचते हुए फिर से उसकी धड़कन तेज़ हो रही है। उसने मोहन की ओर देखा जो खिड़की से बाहर देख रहा था। वह मुड़ा और कमरे के बीचोबीच अजीब तरह से खड़ी सुरैया को देखा।

'तुम किस बात के इंतज़ार में हो? उतारो अपने कपड़े!'—उसने अचानक बेहद रूखेपन से कहा तो सुरैया हैरान रह गई।

शायद वह भी सुहागरात को लेकर कुछ नर्वस था। वह सोचने लगी कि कमरे के तनाव को कम करने के लिए उसे क्या करना चाहिए। उसने बातचीत शुरू करने की कोशिश की। जैसे ही उसने कुछ कहना शुरू किया, मोहन उसकी ओर बढ़ा और उसे ज़ोर से गले लगा लिया। यह पहली बार नहीं था जब मोहन ने उसे अपनी बाँहों में लिया था, लेकिन इस बार उसे कुछ अलग ही महसूस हुआ। सुरैया ने ख़ुद को शांत रखने की कोशिश की। लेकिन उसके सामने समर्पण कर देने में उसे बेहद असहजता महसूस हुई। जब उसने ज़बरदस्ती ख़ुद को थोपना शुरू किया तो सुरैया उसके आलिंगन से मुक्त हुई और कमरे से बाहर चली गई।

वह घर के सामने के छोटे से बगीचे की ओर चल पड़ी। वहाँ जगह-जगह कई बड़ी चट्टानें बिखरी पड़ी थीं। जैसे ही वह उनमें से एक पर बैठी, उसकी आँखों से आँसू छलक पड़े। शायद उसके माता-पिता ही मोहन के बारे में सही थे। तभी उसे क़दमों की आहट सुनाई पड़ी। यह बूढ़ी औरत थी जो इस जगह की मालकिन थी। वह बगीचे के चारों ओर देखने लगी।

'ये सभी चट्टानें कहाँ से आ गईं?'—वह बहुत हैरान लग रही थी। 'ओ लड़की, तुम यहाँ अकेले चट्टानों के साथ क्या कर रही हो? अपने कमरे में जाओ!'

सुरैया को शर्मिंदगी महसूस हुई। शायद उसने 'ओवर-रिएक्ट' कर दिया था। जैसे ही वह सामने के दरवाज़े से गुज़र रही थी एक मोटरसाइकिल आकर रुकी। रजत और सूरी बाइक से उतरे और उसकी ओर आगे बढ़े। उसने उनके प्रति कोई गर्माहट दिखाने की कोशिश नहीं की, लेकिन वे बेहद परेशान दिख रहे थे।

'सॉरी सुरैया, हम कुछ नहीं कर सके। हिमस्खलन की कोई चेतावनी नहीं थी और वह वहीं था, हमारी आँखों के ठीक सामने बाइक पर...!

रजत फूट-फूटकर रोने लगा और सूरी ने उसे शांत कराने की कोशिश की।

सुरैया जैसे वहीं जमकर रह गई। वे क्या बात कर रहे हैं! उसने अभी थोड़ी देर पहले ही तो मोहन को कमरे में देखा था जो अजीब हरकत कर रहा था। बूढ़ी औरत जो वहीं पास खड़ी उनकी बातें सुन रही थी, तुरंत सुरैया को उसके कमरे की ओर ले गई।

कमरा ख़ाली था और फ़र्श पर केवल कुछ पत्थर के टुकड़े बिखरे हुए थे। बूढ़ी औरत अचंभित होकर उन पत्थरों को देखती रही।

'क्या आज ही तुम्हारी शादी हुई थी?'—वह पूरी तरह से डरी हुई लग रही थी। 'अपने घर वापस जाओ लड़की, तुम भारी ख़तरे में हो।'

रूनिया की विशेषताएँ

- एक नर भूत।
- सुहागरात के दिन अकेली दुल्हनों पर हमला करता है और उनका यौन शोषण करने की कोशिश करता है।
- हिमस्खलन करा लोगों की जान लेता है।
- हिमालय के कुछ हिस्सों में उन्हें देखा जा सकता है।

समंध

हमारे बीच कई प्रकार की आत्माएँ रहती हैं जो नग्न आँखों के लिए अदृश्य होती हैं। उनमें से कुछ परेशानी का कारण बनती हैं तो कुछ परोपकारी होती हैं। उनमें से अधिकांश तब अस्तित्व में आती हैं जब प्राकृतिक क्रम किसी कारण बाधित होता है। समंध एक ऐसी आत्मा है जो तब प्रकट होता है जब कोई व्यक्ति बिना किसी उत्तराधिकारी के ही मर जाता है या उसका उत्तराधिकारी उचित प्रकार से उसका अंतिम संस्कार नहीं करता ताकि मृतक की आत्मा मुक्त हो सके।

उपयुक्त कर्मकांड के बिना यह आत्मा जीवन और मृत्यु के बीच फँस जाती है। यह न तो अपनी अगली यात्रा के लिए अपने अंतिम गंतव्य तक पहुँच पाती है, न ही यह पृथ्वी पर अपना जीवन जी सकती है। अनुष्ठानपूर्वक अंतिम संस्कार नहीं दिए जाने के लिए समंध प्रतिशोध की भावना रखता है। वह इस दुनिया से बाहर निकलने का रास्ता भी तलाशता है। यदि उसका कोई वारिस होता है और वह अगले जन्म के लिए आत्मा को अनुष्ठानपूर्वक मार्गदर्शन प्रदान करने में विफल रहता है,

तो यह आत्मा वापस लौटती है और उसके जीवन को कठिन बना देती है। समंध किसी की शिक्षा, विवाह में अवांछित देरी और उनके कैरियर में बाधा का कारण बन सकता है।

वह किसी शारीरिक हानि या रोग का कारण नहीं बनता; यह केवल दूसरों को वैसी ही पीड़ा देता है, जैसी पीड़ा उसे पृथ्वी पर अपनी आत्मा के बंधे रहने से होती है।

जब ओझा समंध से यह पूछने के लिए संवाद का प्रयास करते हैं कि आत्मा को किस बात ने परेशान किया है, तो वे अक्सर उनके सवालों का जवाब देते हैं। परिवार जब अनुष्ठानपूर्वक उपयुक्त सम्मान प्रकट करता है, तो ओझा फिर से समंध का आह्वान करता है। यदि समंध तृप्त हुआ है तो वह संकेत दे देता है।

तृप्त समंध परोपकारी होता है। यह परिवार में शांति लाता है, उन्हें सफलता दिलाता है, कैरियर में प्रोन्नति दिलाता है और विवाह करवाता है।

समंध की विशेषताएँ

- आमतौर पर हानिरहित आत्मा।
- उचित प्रकार से अंतिम संस्कार नहीं किए जाने पर उसकी उत्पत्ति होती है।

शयीद

दलवीर क्षितिज की ओर देख रहा था। उसकी आँखें कहीं दूर खोई हुई थीं औंर नज़मा ने अपना सर उसके कंधे पर टिका रखा था। उन दोनों के दादा कंधे से कंधा मिलाकर एक युद्ध में साथ लड़े थे जो गाँव की दंतकथा का हिस्सा बन चुका था। शायद यह भी एक कारण था कि धार्मिक विभाजन के बावजूद वे एक-दूसरे से प्यार करते थे। लेकिन आज के इस बँटे हुए देश में, उनकी पहचान हिंदू-मुसलमान की थी, अत: उनका प्यार गुप्त ही रह सकता था। इसलिए, उन्होंने एक-दूसरे से मिलने के कुछ सरल तरीक़े ढूँढ़ लिए थे। गाँव के हिंदू मोहल्ले के लोग मुस्लिम मोहल्ले के पास नहीं जाते थे और मुस्लिम लोग हिंदू मोहल्ले से दूर रहते थे। दलवीर को पता था कि जल्द ही नज़मा की शादी हो जाएगी, इसलिए वह उससे बार-बार मिलने को बेताब रहता था। शायद इस स्थिति से बाहर निकलने का वे कोई रास्ता ढूँढ़ सकते थे!

'मुझे नहीं पता दलवीर, यह बेहद जोखिम भरा है। अगर लोगों ने हमें देख लिया तो?'

'गायें इधर भाग आईं और मैं तुमसे टकरा गया तो मेरा क्या दोष?'—दलवीर हँस पड़ा।

वह आमतौर पर अपनी गायों के झुंड को गाँव के पीछे खेत में चराने के लिए ले आता था। अगर कोई पूछता तो वह बहाना बना सकता था कि गायें इधर भाग के आ गईं। इस समय वह जगह सुनसान थी और उनके साथ के इन कुछ पलों में किसी की दख़ल नहीं हुई।

वह उसी मीठी-कड़वी भावनाओं के साथ घर लौटा, जो हमेशा नज़मा से मिलकर लौटते समय उसके पास रहती थीं। वह नहीं जानता था कि किस वजह से उनके बीच एक-दूसरे के लिए ऐसा लगाव था। नज़मा की शादी किसी और से हो जाने के ख़याल मात्र से दलवीर का सीना दुखने लगता था। दोपहर का पूरा समय उसने नज़मा के ख़यालों में गुज़ारा। शाम के आसपास उसके पिता दलजीत आए जो ग़ुस्से में दिख रहे थे। वे चिल्लाए :

'तुमने गायों के साथ क्या किया है?'

'क्या मतलब?'

'वे कुछ नहीं खा रहीं और सिर ऐसे हिला रही हैं जैसे गहरी पीड़ा में हों!'

जब तक गायों ने उल्टी करना शुरू नहीं कर दिया, तब तक किसी को अधिक चिंता नहीं हुई थी। गाँव के कुछ बुजुर्गों को चिंता हुई और उन्होंने दलजीत से पूछा कि वह झुंड को चराने के लिए कहाँ ले गया था। दलजीत ने अपने बेटे को ढूँढ़ा तो उसे घर के एक कोने में बैठा हुआ पाया। उसकी आँखें लाल थीं और उसका सिर ज़ोर-ज़ोर से हिल रहा था। दलजीत को अपने अंदर घबराह–सी महसूस हुई क्योंकि गायें भी ऐसा ही कर रही थीं। लोगों ने स्थानीय डॉक्टर को बुलाया, लेकिन वह

बता नहीं सका कि दलवीर या गायों को क्या हुआ है। अस्पताल बहुत दूर था और दलवीर को देखकर ऐसा नहीं लग रहा था कि वह उतने समय तक बच सकेगा। एक बुजुर्ग व्यक्ति दलजीत को एक ओर लेकर गया और आशंका जताई—

'वह ज़रूर मुस्लिम मोहल्ले के पीछे भटक रहा होगा। शयीद अपनी उपस्थिति जताने से कभी नहीं चूकता। दलजीत, तुम्हें अपने बेटे को कहना चाहिए था कि उधर कभी न जाए और सामाजिक नियमों का पालन करे। उसे और गायों को बचा सकने के लिए अब देर हो चुकी है।'

दलजीत सन्न रह गया। उसे विश्वास ही नहीं हो रहा था कि वह अपने बेटे और गायों के पूरे झुंड को ऐसे खो देगा। वह पूरी रात अपने बेटे के पास बैठा रहा जो सुबह होते फिर उल्टी करने लगा था।

सारी उम्मीदें हारकर, अगले दिन दलजीत मुस्लिम इलाक़े की ओर वहाँ के पीर से सलाह लेने भागा। रास्ते में उसे पेड़ के नीचे एक सुंदर लड़की बैठी हुई दिखी। वह ख़ुद को रोक नहीं सका और उस लड़की के पास पहुँचा।

'क्या तुमने कल इधर एक युवक को गायों के झुंड के साथ देखा था? क्या तुम जानती हो कि उसे क्या हुआ है?'—दलजीत ने बेबसी से पूछा।

'क्यों, क्या हुआ उसे?' नज़मा का दिल ज़ोर से धड़कने लगा।

'वह मरने वाला है। क्या तुम जानती हो कि शयीद क्या होता है?'

नज़मा को लगा कि वह लड़खड़ाकर गिर पड़ेगी। बेशक, वह जानती थी कि शयीद क्या होता है। उसने अपने चाचा और बकरियों के पूरे झुंड को इस ख़तरनाक भूत के कारण खो दिया था और उसे भगाने के लिए पीर की सलाह पर कुछ अनुष्ठान कराने पड़े थे।

'मुझे पता है कि शयीद क्या होता है और इससे लोगों को कैसे बचाया जाए। आपको अपने बेटे को पीर के पास ले जाना होगा, वही मदद कर पाएँगे।'

'लेकिन हम लोग हिंदू हैं। क्या तुम्हें लगता है कि हमारे लिए उनकी विधि काम करेगी?'

'भूतों का कोई धर्म नहीं होता!'

दलवीर के शुद्धिकरण समारोह में पूरा गाँव जुटा। उसे मुस्लिम इलाक़े में लाए जाने के साथ गाँव का भेद मिट गया और दोनों धर्मों के लोगों ने एक साथ इस दुष्टात्मा से मुक्ति के लिए प्रार्थनाएँ की।

दलवीर और नज़मा नहीं जानते थे कि यह प्यार की ताक़त थी या उस दुष्टात्मा का असर कि दोनों धर्मों के बीच की दूरी मिट गई थी। और इस तरह एक-दूसरे से कभी शादी कर सकने की उनकी उम्मीद भी बच गई।

शयीद की विशेषताएँ

- एक घातक आत्मा। इंसानों और मवेशियों पर हमला करती है।
- युद्ध में मारे गए व्यक्ति का भूत।
- पंजाब में पाया जाता है।

स्कंधोकटा

छोटे शहरों में शाम धीरे-धीरे उतरती है। जिन भवनों में रेल कर्मचारी रहते थे, वे पटरियों के किनारे बने थे और उनके निवासी गुज़रती ट्रेनों के अनुसार अपनी दिनचर्या का समय निर्धारित करते थे। शाम को राजधानी एक्सप्रेस के गुज़रते ही पपई की ट्यूशन शुरू हो जाती थी। दरवाज़े की घंटी बजने से पहले पपई हमेशा अपने होमवर्क की दुबारा जाँच कर लेता था। यह निश्चित नहीं था कि उसे अपना नया ट्यूटर तनुमय पूरी तरह पसंद आया था या नहीं। लेकिन वह आदमी ट्यूशन देने में निश्चय ही अच्छा था और पपई के गणितीय कौशल में कुछ कक्षाओं के बाद ही काफ़ी सुधार आ गया था। हालाँकि तनुमय के गंभीर हावभाव और अजीब शारीरिक बनावट से पपई को कुछ भय भी लगता था। वह एक लंबा और दुबला आदमी था जिसका सिर औसत से कुछ बड़ा था और उसे स्पॉन्डिलाइटिस की समस्या थी, जिसके कारण हमेशा कॉलर पहने रहता था।

पपई को उसके ख़राब गणित के लिए कभी-कभी डाँट लगाने के

अलावा तनुमय अच्छा ही शिक्षक था। वे पढ़ाई के अलावा भी कई बातें किया करते थे। तनुमय उससे स्कूल और परिवार आदि के बारे में पूछा करता था। लेकिन पपई अपने परिवार के बारे में बातें करने से बचता था। ट्यूशन के बाद तनुमय कभी-कभी पपई की माँ से पपई के बारे में बातें किया करता था। पपई को अच्छा लगा कि तनुमय कभी भी उसकी माँ से उसकी कोई शिकायत नहीं करता था। बस एक बार उसने अपने इस नियम को तोड़ा था जब पपई ने गलती से उस पर पानी गिरा दिया था जिससे वह भड़क गया था। तनुमय को इतना ग़ुस्सा आ गया था कि उसने पपई का लगभग गला ही घोंट दिया था। जब उसका दम घुटने लगा तब उसने छोड़ा और जाने से पहले अजीब सी बात कही कि 'तुम्हारा सर बहुत छोटा है।'

पपई अंदर तक हिल गया था। उस दिन उसने वही किया जो वह आमतौर पर उदास रहने पर किया करता था। वह पास की पटरियों से गुज़रती ट्रेनों को देखने के लिए छत पर चला गया। इंटरसिटी एक्सप्रेस के अपने सामान्य तेज़ शोर के साथ गुज़र जाने के बाद पूरे इलाक़े में सन्नाटा छाया हुआ था। पपई ने मंद चांदनी में तनुमय की लंबी आकृति को अपने थोड़े बड़े सिर और कॉलर लगाए पास की रेल की पटरी के किनारे धीरे-धीरे जाते हुए देखा। उसने एक बार बताया था कि वह शहर के दूसरी ओर कहीं रहता है और शायद वह घर की ओर ही जा रहा था। हालाँकि वह इस घटना से हिल गया था, लेकिन उसने फ़ैसला किया कि वह अपनी माँ को इस बारे में कुछ नहीं बताएगा और अपने इस तुनकमिजाज़ शिक्षक से माफ़ी माँग लेगा। वह शायद तनुमय के प्रति आत्मीयता महसूस करने लगा था।

लेकिन अगले दिन ट्यूटर आया ही नहीं। पपई बेसब्री से दरवाज़े की

घंटी बजने का इंतज़ार करता रहा, लेकिन वह नहीं बजी। वह अपनी माँ से भी पूछता रहा, लेकिन उन्होंने बताया कि तनुमय ने जो नंबर दिया था, वह तो काम ही नहीं कर रहा। उस दिन के बाद से वह कभी नहीं दिखा। दुखी मन से पपई स्कूल के रास्ते में आते-जाते उसे ढूँढ़ने की कोशिश करता रहता। यह अजीब ही था कि जब एक नए कंडक्टर ने स्कूल बस की ड्यूटी सँभाली तो पपई को बस इसलिए वह अच्छा लगने लगा क्योंकि वह कॉलर पहनता था और शायद उसमें उसे तनुमय की छवि दिखती थी। हर दिन स्कूल के बाद वह बस में चढ़ने वाला पहला व्यक्ति होता और पूरे रास्ते कंडक्टर के साथ बातचीत करता रहता। प्रतीत होता था कि वह आदमी भी पपई को पसंद करने लगा था। कुछ महीनों बाद उसने बताया वह नौकरी छोड़ने वाला है और दूसरे शहर जाने वाला है। पपई ने उसे अपने घर आमंत्रित किया। उसकी माँ को इस अप्रत्याशित लगाव पर थोड़ा आश्चर्य तो हुआ, फिर भी बस कंडक्टर का स्वागत किया।

पपई ने पूरी शाम बस कंडक्टर के साथ बातें करते हुए बिताई। उसे समझ नहीं आ रहा था कि वह इतना परिचित सा क्यों महसूस हो रहा था। उसने अपने पिता के बारे में भी बात करना शुरू कर दिया, जिस विषय से वह हमेशा बचता रहता था। क़रीब एक साल पहले उसके पिता, जो सिग्नलमैन थे, ड्यूटी के दौरान ट्रेन की चपेट में आ गए थे। मुआवज़े के रूप में उसकी माँ को रेलवे में नौकरी मिल गई थी। इस आदमी से बात करते हुए पपई को सीने में टीस सी महसूस हुई। उसने महसूस किया कि वह अपने पिता को कितना याद करता है और अपने आँसू नहीं रोक सका। पपई सिसकने लगा तो कंडक्टर ने उसे अपनी बाँहों में पकड़ लिया। जाने से पहले पपई को आश्वस्त करने के लिए उसने वादा किया

कि वह संपर्क में बना रहेगा।

उस रात चाँदनी गर्माहट और सुकून-भरी महसूस हो रही थी। पपई छत पर चला गया। धुंधले खुले मैदान के बीच रेल की पटरियाँ चाँदी के तारों की तरह चमक रही थीं। एक बार फिर पपई को रेल की पटरी पर चुपचाप खड़ी एक जानी-पहचानी लंबी आकृति नज़र आई। लेकिन इस बार आकृति ने अपना कॉलर हाथ में ले रखा था और उसके कंधों पर कोई सिर नहीं था। पपई समझ पा रहा था कि उसके पिता को एक नया सिर पाने में थोड़ा समय लगेगा।

स्कंधोकटा की विशेषताएँ

- यह सिर रहित मानव शरीर जैसा दिखता है।
- अगर कोई ट्रेन से कट कर मर जाए तो इस आत्मा में बदल सकता है।
- इससे सामना होना घातक हो सकता है।
- पश्चिम बंगाल में उसके क़िस्से प्रचलित हैं।

सुपुरुस

मालती को बंद कमरे की बासी गंध पसंद थी। हर बार जब वे किसी छुट्टी से वापस लौटते तो खिड़कियाँ खोलने से पहले वह कुछ देर इस गंध को साँसों में खींचती, हालाँकि उसका पति ऐसा करने से मना किया करता। उसका पति सुबल उसे बताता कि यह गंध उस वाष्प से उठती है, जो बंद जगहों से बाहर नहीं निकल पाती। लेकिन आज मालती ने ऐसा नहीं किया। वह चुपचाप सोफ़े पर बैठ गई, जबकि सुबल ने घर के दरवाज़े-खिड़कियाँ खोलीं। मालती ने अपनी बेटी रीमा को अपने बेडरूम में जाते हुए और धीरे से दरवाज़ा बंद करते हुए देखा। वह सोचने लगी कि अचानक हुई इस घटना से उबरने में उन सभी को पता नहीं कितना वक़्त लगेगा!

मालती के भतीजे के यज्ञोपवीत समारोह में शामिल होने वाले सभी लोग शायद अभी ऐसा ही सोच रहे हों। एक पंद्रह वर्षीय लड़के को अपनी आँखों के सामने मरते हुए देखना किसी को भी सदमा ही देगा। उस पर यह कि यह घटना उसी लड़के के यज्ञोपवीत समारोह के दौरान

घटी। बाल मुंडन कराने के बाद ऊपर की मंज़िल से भूतल पर आते समय उसका पैर धोती से उलझ गया और वह सीढ़ियों से लुढ़कता हुआ नीचे आ गिरा। कोई मदद पहुँचने से पहले ही अत्यधिक खून बहने से उसकी मौत हो गई।

इस घटना से एक हँसता खेलता परिवार उजड़ गया। परिवार को अपने लिए थोड़ा एकांत मिल सके यह सोचकर सभी नाते-रिश्तेदारों ने अपने-अपने घर लौटने का फ़ैसला किया। लेकिन रीमा नहीं लौटना चाहती थी। वह अपने ममेरे भाई के बहुत क़रीब थी और उसकी मौत से उसे गहरा सदमा लगा था। वापस लौटते समय उसने एक शब्द भी नहीं कहा। घर पहुँचने के बाद भी उसने ख़ुद को अपने कमरे में बंद कर लिया। दोपहर बाद वह कमरे से निकली तो छत पर चली गई। उसे छत पर रहना पसंद था। मालती ने उम्मीद की कि इससे वह कुछ बेहतर महसूस करेगी। जब वह रात तक नीचे नहीं आई तो सुबल को चिंता हुई। मालती छत की ओर ऊपर बढ़ी तो उसने अपनी बेटी को सीढ़ियों से नीचे आते देखा। रीमा ने लाल-लाल आँखों से अपनी माँ की ओर देखा और सीधे अपने कमरे में चली गई।

मालती को थोड़ी चिंता हुई। उसे यह तो पता था कि उसकी बेटी बहुत रो रही है, लेकिन उसकी आँखें सामान्य नहीं दिख रही थीं। उसने इस बारे में सुबल को कहा तो दोनों अपनी बेटी के कमरे में गए। रीमा बिस्तर पर लेटी हुई ख़ुद से बातें कर रही थी।

'तुम कुछ नहीं खा सकते... कॉलेज के पहले दिन मैं साड़ी नहीं पहनूंगी... कोई नहीं देखेगा...'

उसकी बातों का कोई अर्थ नहीं निकल रहा था। मालती आगे बढ़ी और रीमा के सिर को छूकर देखा। शरीर बुख़ार से तप रहा था। वे समझ

सकते थे कि यह हाल की उसी घटना के सदमे का परिणाम था। सुबल द्वारा उसे पैरासिटामॉल की एक ख़ुराक दे देने के बाद मालती ने ठंडे पानी से उसका सिर धोने की कोशिश की, जब रीमा अचानक उठकर अपने बिस्तर पर बैठ गई और चिल्लाने लगी–'दूर रहो मुझसे! कहा है न मैंने! मुझे फिर से छूने की हिम्मत मत करना!'

मालती और सुबल को घबराहट हुई और उन्होंने तुरंत अपने पारिवारिक डॉक्टर को बुलाया। जब डॉक्टर आया तब भी रीमा चिल्ला ही रही थी और पागलों सा व्यवहार कर रही थी और उसके माता-पिता उसे शांत कराने की कोशिश कर रहे थे। उसकी हालत देख डॉक्टर को भी चिंता हुई और उसने उसे एक असरकारक सेडेटिव दे दिया। आधे घंटे गुज़रते वह सो गई और उसका बुख़ार भी उतर गया तो सबने राहत की साँस ली।

मालती और सुबल उस रात देर तक इस मामले पर बात करते रहे। फिर सुबल तो सो गया लेकिन मालती को नींद नहीं आई। उसका मन हुआ कि एक बार रीमा को देखे, लेकिन कहीं उसकी नींद में खलल न आ जाए, उसने उसके कमरे में जाने से ख़ुद को रोके रखा। दवा कम से कम बारह घंटे असर करने वाली थी, लेकिन पिछले कुछ दिन ऐसे कठिन गुज़रे थे कि वह बेहद चिंतित महसूस कर रही थी। एक ठंडी साँस छोड़ते हुए उसने आँखें बंद कर ली।

तभी उसे रीमा के कमरे से एक धीमा शोर सुनाई पड़ा, जैसे बिस्तर पर कुछ चल रहा हो। ऐसी उम्मीद नहीं थी कि रीमा रात बीतने से पहले उठेगी। मालती तेज़ी से रीमा के कमरे की ओर बढ़ी। दरवाज़ा बंद था, जबकि मालती को साफ़-साफ़ याद आ रहा था कि उसने उसे अधखुला छोड़ा था। उसने दरवाज़े पर कान लगाया। कोई तो ज़रूर बिस्तर पर चल

रहा था। उसने धीरे से दरवाज़ा खोला और अंदर झाँका।

रीमा जग रही थी और उसकी आँखें फैली हुई थीं। एक रक्तहीन, पीला, नंगा शरीर उसके ऊपर बैठा हुआ था। उसके सर पर बाल नहीं थे और अपने बड़े से मुँह से वह उसकी बेटी का चेहरा चबा रहा था।

सुपुरुस की विशेषताएँ

- एक किशोर भूत। जब किशोर ब्राह्मण अपने यज्ञोपवीत के दौरान मर जाते हैं तो वे इस भूत में बदल जाते हैं।
- युवा लड़कियों पर हमला करता है।
- शिकार तेज़ बुख़ार और मतिभ्रम से पीड़ित होता है।
- अपने शिकार की जान ले सकता है।
- पश्चिम बंगाल में पाया जाता है।

तोला

'मैं हमेशा एक चित्रकार बनना चाहता था'—अपने दोस्त द्वारा बनाई गई वाटरकलर पेंटिंग को देखते हुए बापी ने कहा।

'तो तुम ज़रूर बनोगे!'

'तुम बहुत प्रतिभाशाली हो, राणा!'

राणा मुस्कुराया।

दोपहर की हवा उनके बालों के साथ खेल रही थी जब वे अपने सामने फैले हुए दृश्य को चित्रित करने में तल्लीन थे। राणा इस पुरानी इमारत को अच्छी तरह से जानता था। टूटी-फूटी सीढ़ियों से छत पर चढ़ते बापी को बहुत डर लगा था, लेकिन जब वे ऊपर पहुँचे तो नज़ारा इतना शानदार था कि सारा डर काफ़ूर हो गया। वह अक्सर सोचा करता कि शहर के उसके दोस्त क्या कहेंगे जब उन्हें पता चलेगा कि ऐसी एक ख़ूबसूरत जगह कोलकाता से बहुत दूर नहीं है।

राणा के साथ उसकी दोस्ती की शुरुआत बेहद अप्रत्याशित तरीके से हुई थी। कुछ सप्ताह पहले जब वह दादा-दादी के घर अपने यज्ञोपवीत

समारोह की तैयारी के लिए एकांत में रहने आया था तो वह बुरी तरह से ऊब गया था। उसने पेंटिंग में हाथ आजमाये, लेकिन कुछ दिनों बाद उससे भी ऊबने लगा। वह पूरी दोपहर गाँव में घूमता रहता, हालाँकि उसके दादा ने उसे बाहर जाने से मना किया था।

एक दिन यूँ ही भटकते हुए बापी नदी में गिर गया। वह जिस चट्टान पर खड़ा था, वह खिसक गई और वह पानी में गिर पड़ा। पानी के भीतर जब एकबारगी उसकी आँखें खुलीं तो उसे लगभग अपनी ही उम्र के एक लड़के का दयालु चेहरा नज़र आया। उस अजनबी ने उसे किनारे तक खींच कर निकाला। उसका नाम राणा था। राणा ने न केवल उसे डूबने से बचाया, बल्कि उसी क्षण से उसे उसकी बोरियत से भी बचा लिया।

बापी की इच्छा थी कि राणा उसके घर भी आए ताकि वे एक-दूसरे के साथ अधिक समय बिता सकें। लेकिन इसका अर्थ होता कि उसके गुप्त कारनामों का सबको पता चल जाता। इसलिए वे केवल दोपहर में मिला करते और बापी दिन भर उन कीमती घंटों का इंतज़ार किया करता। राणा ने उसे कई गुप्त दिलचस्प ठिकानों के साथ ही गाँव के किनारे पुराने मंदिर के बग़ल में स्थित अपना घर भी दिखाया। हालाँकि, जब उन्हें पता चला कि दोनों पेंटिंग करना पसंद करते हैं, तब से उस खंडहर घर की छत ही उनका सबसे पसंदीदा अड्डा बन गया था।

आख़िरकार, बापी के यज्ञोपवीत संस्कार का दिन आ पहुँचा। बापी ने राणा को बताया कि उसके परिवार को भी आमंत्रित किया गया है। बापी उत्साहित था कि वह आख़िरकार सबको अपने इस दोस्त से मिलवा सकेगा। वह सुबह से ही कर्मकांडों में व्यस्त था, लेकिन मिलने आने वाले लोगों पर नज़र बनाए रखी थी। अनुष्ठान के अंग के रूप में उसे तीन दिनों के लिए एक कमरे में अलग-थलग रहना था। एकांत के इस

समय की समाप्ति का बेसब्री से इंतज़ार करता रहा। चौथे दिन एक भव्य समारोह का आयोजन किया गया जिसमें पूरे गाँव ने भाग लिया। उस शाम कुछ देर से उसके दादा एक बूढ़े दंपती को साथ लिए उसके पास आए और पुराने मंदिर के पास के घर में रहने वाले श्री एवं श्रीमती बनर्जी के रूप में उनका परिचय कराया। राणा उनके साथ नहीं था जिससे बापी को बहुत निराशा हुई।

'परिवार के और लोग कहाँ हैं?'–उसने पूछा।

वे कुछ अचंभित हुए और उन्होंने जवाब दिया कि 'यही हमारा पूरा परिवार है, बच्चे।'

श्री बनर्जी ने उसका सिर थपथपाया और श्रीमती बनर्जी ने एक हल्की मुस्कान दी। वे जल्द ही फिर चले गए।

बापी पूरी रात बेसब्री से इंतज़ार करता रहा। उसे परिवार के साथ अगले ही दिन गाँव छोड़ना था और राणा उसे इस तरह धोखा कैसे दे सकता था! अगली सुबह, बिना किसी की अनुमति की प्रतीक्षा किए वह सीधे उस घर की ओर चल पड़ा जो राणा ने उसे दिखाया था। पिछली रात घर आए दंपती उसे देखकर आश्चर्यचकित हुए और विनम्रता से उसका अभिवादन किया। बापी समझ नहीं पा रहा था कि कैसे बताए कि वह किसे ढूँढ़ रहा और बहाने से इधर-उधर देखता रहा।

एक दीवार पर एक लड़के की टंगी हुई तस्वीर देखकर वह चौंक गया। यह निस्संदेह राणा की दयालु आँखें थीं जो उसे देख रही थीं।

'कौन है ये?' उसने पूछा। उसका दिल बेतहाशा धड़क रहा था।

श्री बनर्जी ने उदास होकर तस्वीर को देखा।

'यह हमारा बेटा था। सालों पहले नदी में डूबने से उसकी मौत हो गई थी। उसका भी यज्ञोपवीत होने वाला था!'

बापी को तो जैसे काटो तो खून नहीं! श्री बनर्जी ने कहा, 'जानते हो यज्ञोपवीत से ठीक पहले मरना बहुत दुर्भाग्यपूर्ण माना जाता है। उन दिनों लोगों के दुर्घटनाग्रस्त होने की अधिक संभावना होती है और यदि किसी युवा लड़के की मृत्यु हो जाती है तो उसकी आत्मा को कभी मुक्ति नहीं मिलती। हमारा अभागा बच्चा...उसे शांति मिली हो!'

बापी को लगा कि उसका दिल सुन्न हो रहा है। उसने किसी प्रकार ख़ुद को सँभाला और पूछा–'अगर उसकी आत्मा को मुक्ति नहीं मिली हो तो क्या इसका मतलब यह है कि आप उसे कभी-कभी देख सकते हैं?'

'मैं नहीं देख सकता। काश मेरा यज्ञोपवीत नहीं हुआ होता। जिसका यज्ञोपवीत हो गया हो, वह किसी भटकती हुई आत्मा को नहीं देख सकता।'

बापी अब और इंतज़ार नहीं कर सकता था। उसे पता था कि उसे अपने दोस्त को कहाँ ढूँढ़ना है। वह उस खंडहर घर की छत ओर दौड़ पड़ा। तेज़ धूप ने ख़ाली नज़ारे को भर दिया था और नीचे नदी शांति से बह रही थी। बापी को अपने हृदय में एक असहनीय पीड़ा महसूस हुई। हवा ने उसके आँसू उड़ा दिए और हमेशा की तरह उसके बालों से खेलने लगी।

तोला की विशेषताएँ

- लड़के का भूत
- लोगों की मदद करता है, बात करना पसंद करता है।
- जब युवा लड़के अपने यज्ञोपवीत संस्कार से पहले मर जाते हैं तो वे इस भूत में बदल जाते हैं।
- बंगलौर में उसके क़िस्से सुनने को मिलते हैं।

वेताल

एक ऐसे प्रेत की कल्पना करना बड़ा भयानक है जो लाश को ज़िंदा कर सकता है, या उन्हें अर्द्ध-जीवित चलते-फिरते भूतों में बदल सकता है। हालाँकि, बेताल या वेताल को कभी भी विशेष रूप से डरावने प्राणी के रूप में चित्रित नहीं किया गया है, ऐसा माना जाता है कि अपने स्वामी के निर्देश पर वह मृत लोगों में जीवन डाल सकता है। वेताल को एक बुद्धिमान प्राणी माना जाता है जो मकबरों और कब्रिस्तानों में भी भटकता है। वह शवों पर कब्ज़ा कर सकता है और अपनी इच्छा से उन्हें छोड़ सकता है। हिंदू मिथकों के अनुसार, जब अपार ज्ञान वाले किसी युवा कुँवारे लड़के की बलि दी जाती है या उसकी हत्या कर दी जाती है तो वह वेताल बन जाता है। हालाँकि, उसके पास मृतकों को नियंत्रित करने की शक्ति होती है, लेकिन उनके द्वारा कभी भी जीवित प्राणियों को नुकसान पहुँचाने के बारे में नहीं सुना गया।

यदि किसी का वेताल पर नियंत्रण हो जाए तो वह इसका उपयोग अपनी इच्छापूर्ति के लिए कर सकता है। अगर उसकी मंशा ग़लत हो

तो वह वेताल को जघन्य कर्म करने के लिए भी विवश कर सकता है।

ईश्वर चंद्र विद्यासागर की 'बेताल पंचबिंसति' में वेताल का सबसे स्पष्ट वर्णन मिलता है, जहाँ बुद्धिमान राजा विक्रमादित्य और एक वेताल के बीच संबंध बताया गया है। राजा एक तांत्रिक से वादा करता है कि वह उसकी इच्छाओं की पूर्ति के लिए उसके पास एक वेताल पकड़कर ले आएगा। वेताल जो एक बुद्धिमान बूढ़ी आत्मा है, राजा विक्रमादित्य के साथ एक समझौता करता है, जिसके तहत वह राजा को एक कहानी सुनाएगा जिसके अंत में एक पहेली होगी, जिसका राजा को जवाब देना होगा। अगर उत्तर सही होगा तो वेताल पेड़ पर वापस लौट जाएगा। लेकिन अगर राजा पहेली का जवाब देने में विफल रहता है तो वेताल एक बंदी के रूप में विक्रमादित्य की पीठ पर सवार रहने और उसके द्वारा कहीं भी ले जाए जाने के लिए बाध्य होगा। यदि राजा को उत्तर पता है लेकिन वह ज़ोर से बोलकर नहीं बताता, तो उसके सिर के टुकड़े हो जाएँगे। वेताल ने राजा विक्रमादित्य को एक-एक कर चौबीस कहानियाँ सुनाईं जिनके अंत में एक पहेली थी जिसका राजा को उत्तर देना था। वह जब भी सही उत्तर देता, वेताल उसके कंधे से उड़कर वापस पेड़ पर उलटा लटक जाता। राजा फिर ऊपर चढ़ता और उसे नीचे उतारकर अपने कंधे पर लाद श्मशान घाट की ओर आगे बढ़ता। तब वेताल फिर से एक बार शरीर में प्रवेश करता और राजा को एक और कहानी सुनाता। यह क्रम चौबीस बार दोहराया गया जब तक कि राजा विक्रमादित्य पच्चीसवें प्रश्न का उत्तर नहीं दे सके और वेताल उनके साथ तांत्रिक के पास जाने के लिए सहमत नहीं हो गया। रास्ते में वेताल ने राजा को अपनी कहानी सुनाई। वह तांत्रिक द्वारा उसके माता-पिता से वादा किए गए जुड़वाँ भाइयों में से एक था, जहाँ शर्त यह थी कि उसकी शिक्षा-

दीक्षा तांत्रिक की देखरेख में होगी। उसे अपार ज्ञान दिया गया जबकि उसके भाई को केवल बुनियादी शिक्षा ही दी गई। बाद में, तांत्रिक ने उसके भाई को तो उसके माता-पिता को वापस कर दिया, लेकिन अपनी बुरी इच्छाओं की पूर्ति और काले जादू की दुनिया में और अधिक शक्ति हासिल करने के लिए उसे वेताल बनाने हेतु उसका बलिदान दे दिया। एक दिन वह उसकी क़ैद से भाग निकला। अब तांत्रिक की गुप्त इच्छा राजा की बलि देने की थी, क्योंकि वह भी अपार ज्ञान वाला एक युवा था, जिसे वह अपनी सेवा के लिए वेताल बना सकता था। राजा ने ये सारी बातें जानकर तांत्रिक का वध कर दिया और वेताल को मुक्त कर दिया। उसकी इस दयालुता से संतुष्ट वेताल जब भी राजा चाहे, उसकी सेवा के लिए उपस्थित होने पर सहमत हुआ।

वेताल की विशेषताएँ

- हिंदू मिथक कथाओं में सबसे प्रसिद्ध आत्माओं में से एक।
- श्मशान घाटों और क़ब्रगाहों में पाया जाता है।
- बहुत बुद्धिमान।

वीरन

'वीरे' या 'वीरन' शब्द का अर्थ तमिल में 'नायक या हीरो' है और ऐसी कई आत्माएँ और मूर्तियाँ मौजूद हैं जिनके साथ 'वीरन' या 'वीरम' शब्द जुड़ा हुआ है। ये मूर्तियाँ प्राय: देवी मरिअम्मन मंदिरों के जंगलों में अवस्थित हैं और उनसे देवी की रक्षा की अपेक्षा की जाती है।

प्राचीन काल में वीरन के लिए रक्त बलिदान करना असामान्य नहीं था। मदुरै वीरन, मुनियांडी वीरन, मुनियप्पा विरन आदि कुछ प्रसिद्ध वीरन हैं।

देश के अन्य हिस्सों में भी ऐसी योद्धा आत्माओं की मान्यता रही है, जैसे उत्तर प्रदेश में 'बीर' और जौनपुर एवं नागपुर में 'खारबार', 'केरा' और गेंडा।

वीरन की विशेषताएँ

- एक योद्धा आत्मा।
- घुसपैठियों के लिए ख़तरनाक हो सकता है।
- पूरे भारत में पाए जाते हैं।

यक्ष

यक्ष और यक्षी अलौकिक प्राणियों के नर और मादा रूप हैं; जिनका उल्लेख हिंदू, जैन और बौद्ध धर्म में पाया जाता है। उन्हें आमतौर पर दयालु होने के लिए जाना जाता है और वे जल, उर्वरता, पर्ण-समूह, खज़ाने और जंगल से संबद्ध होते हैं। यक्ष आमतौर पर परोपकारी, परियों-जैसे जीव होते हैं जो जंगलों और पहाड़ों में पाए जा सकते हैं; हालाँकि, कुछ अन्य प्रकार के यक्ष भी होते हैं जो दुष्टात्मा होते हैं और मनुष्यों, विशेषकर यात्रियों का भक्षण करते हैं।

मौर्य साम्राज्य की मूर्ति-कला में यक्षों की मूर्तियाँ पाई जाती हैं, जो तीसरी से पहली शताब्दी ईसा पूर्व तक की हैं। आमतौर पर लगभग 2 मीटर ऊँची, अभिलेखों से घिरी इन मूर्तियों को शक्तिशाली योद्धाओं या दुष्ट बौनों के रूप में दर्शाया गया है। यक्षी की मूर्तियाँ अतींद्रिय युवतियों का निरूपण करती हैं।

धन के देवता कुबेर को सभी यक्षों का राजा माना जाता है। चमचमाते गहनों से सज्जित कुबेर को स्थूल शरीर वाला और धन के घट के साथ

दर्शाया गया है। उन्हें प्राय: समृद्धि और धन की देवी लक्ष्मी के साथ निरुपित किया जाता है। बौद्ध मान्यताओं में यक्ष खज़ाने के बजाय धार्मिक लोगों के रक्षक होते हैं। जैन मान्यता में यक्ष अन्य नश्वर प्राणियों की तरह ही हैं, जो जन्म लेते हैं, प्रजनन करते हैं और मृत्यु को प्राप्त होते हैं, लेकिन उनमें अलौकिक शक्तियाँ भी होती हैं। जैन धर्म में प्राय: यक्ष और यक्षिणी को एक साथ दर्शाया गया है। यक्ष और यक्षिणी की संख्या चौबीस बताई गई है जो चौबीस तीर्थंकरों के लिए शासक/नियंत्रक देवता के रूप में सेवा देते हैं।

साहित्य में, कालिदास ने यक्ष को एक रोमांटिक नायक के रूप में चित्रित किया है, जो अपनी प्रेयसी के खोने पर विलाप करता है। महाभारत में 'यक्ष प्रश्न' का संदर्भ मौजूद है जहाँ पांडवों के 12 वर्ष के निर्वासन के अंत में सारस के रूप में एक यक्ष को युधिष्ठिर से कठिन प्रश्न पूछते हुए दिखाया गया है। श्रीलंकाई पद्य में यक्ष प्राय: राजदरबार के विशिष्ट सदस्य के रूप में आए हैं जो विजय राजदरबार में शाही सदस्य के रूप में सेवा देते हैं और यक्ष प्रमुख राजाओं के साथ आसीन होते हैं।

ठाकुरमार झुली और ऐसे अन्य लोकप्रिय बंगाली लोककथाओं में यक्षों को सोने के गुप्त भंडारों के रक्षक के रूप में दर्शाया गया है। यदि कोई इन भंडारों को ढूँढ़ लेता है तो उन्हें तभी पा सकता है जब वह इसके यक्ष संरक्षकों की पहेलियों के उत्तर देने में सक्षम हो।

यक्ष की विशेषताएँ

- अलौकिक प्राणी जिनकी उत्पत्ति हिंदू, बौद्ध, जैन मिथकों और लोककथाओं से हुई है।
- आमतौर पर दयालु होता है लेकिन कभी-कभी दुष्ट भी हो सकता है।
- व्यापक रूप से पूरे एशिया में पाए जाते हैं।

झोटिंग

'टिंग!'

राइमा की नींद एक झटके से खुली। अधखुली आँखों से उसने फ़ोन की घड़ी देखी। दोपहर के 3 बज रहे थे। फ़ोन को साइलेंट मोड पर रखने से पहले उसने स्क्रीन पर के नोटिफिकेशन चेक किए। उसे ज़ुबैर का एक अनरीड ईमेल नज़र आया। लगभग तीन हफ़्ते से वह उसके किसी संदेश की प्रतीक्षा में थी। वह उठकर बैठ गई। राइमा को वैसा ही उत्साह महसूस हुआ जैसा उस दिन हुआ था जब ज़ुबैर अपने नए असाइनमेंट के लिए निकला था। उसने ईमेल पढ़ना शुरू किया...

प्रिय राइमा,

तुम सही थी। मुझे तुम्हें पहले ही ईमेल करना चाहिए था। लेकिन मैं सही समय का इंतज़ार कर रहा था। मुझे पता है कि तुम हमेशा कैसे कहती हो कि कभी-कभी समय ग़लत भी हो सकता है। और तुम सही थी।

तुम्हें वह समय याद है जब हम इस एक रहस्यमयी गाँव के बारे में

जानकारी की तलाश में थे? हम कैसे रास्ता खोते रहे थे! तलाश आसान नहीं रही। मैं उम्मीद कर रहा था कि उस अजनबी से हमें जो ईमेल मिला था, वह किसी तरह उस कहानी के स्रोत तक पहुँचने में हमारी मदद करेगा। जब मैं महाराष्ट्र के सबसे दक्षिणी तट पर स्थित उस स्टेशन पर पहुँचा तो पाया कि हमारा वह संपर्क तो मौजूद ही नहीं है। कई दिनों तक मैं उसके द्वारा दिए गए पते की खोज करता रहा, लेकिन वह ग़लत पता था। मैं बेहद निराश था और बार-बार मेरा मन होता था कि हार मान लूँ और वापस लौट आऊँ।

तुमने एक बार मुझसे कहा था कि जब आप किसी चीज़ की तलाश कर रहे होते हैं, तो वास्तव में आप पाए जा रहे होते हैं। मैंने एक अंतिम बार फिर तलाश करने का फ़ैसला किया। मैं बाज़ार की ओर गया था जहाँ एक बूढ़ा व्यक्ति मुझे दिलचस्पी से देख रहा था।

शायद मेरी बदहाली ने उसका ध्यान खींचा था। मैं उसके पास गया। जब मैंने उससे उस गाँव के बारे में पूछा जिसे मैं ढूँढ़ रहा था तो उन्होंने जवाब दिया, 'सभी जगहें जो कभी अस्तित्व में थीं, हमेशा अस्तित्व में रहेंगी भी। चीज़ें बदल सकती हैं, लेकिन स्थान अचल होते हैं।'

उसकी आवाज़ में कुछ अटपटा सा था। उसके बारे में यह बेचैनी की भावना मेरे अंदर बनी रही, और जब उसका काम ख़त्म हुआ तो मैं उसका पीछा करने लगा। बहुत सारे ग़लत मोड़ से गुज़रते हुए आख़िर हम समुद्रतट पर थे।

तुम्हें याद है जब हम उस ख़ूबसूरत क्लिफ-साइड बीच पर गए थे? यह समुद्रतट भी कुछ वैसा ही था। गहरे रंग की रेत की एक शांत चिकनी सतह लहरों को आलिंगन में ले रही थी और एक ऊँची चट्टान समुद्र तट के अंत को चिह्नित कर रही थी। वह आदमी मुझसे दूर भागता गया और

अंततः चट्टान के सामने रेत पर घुटने के बल गिर पड़ा। मैं दूर से एक शानदार सूर्यास्त के सामने घुटने पर बैठी उसकी ख़ामोश आकृति को देखता रहा। कुछ देर वहीं रुके रहने के बाद मैंने वहाँ से जाने की सोची। फिर वह खड़ा हुआ, मुड़ा और उस तरफ़ आने लगा जहाँ मैं खड़ा था। चट्टान की दूसरी ओर इशारा करते हुए उसने कहा, "वह जगह है जहाँ वे प्रतीक्षा करते हैं। वे हमेशा यही करते हैं।'

उसकी बातों का कोई अर्थ नहीं निकल रहा था। मैं वापस अपने होटल लौट आया। लेकिन फिर भी मैं पूरी रात उसे अपने ज़ेहन से नहीं निकाल सका। अगली सुबह मैं चट्टान के दूसरी तरफ़ चला गया।

मैदान के सामने 'क्वारंटाइन ज़ोन' लिखा हुआ एक निशान लगा हुआ था। मुझे आश्चर्य हुआ कि किसी ने भी मुझे आगे जाने से नहीं रोका। मैं जितना आगे बढ़ता गया, वह जगह उतनी अजनबी लगती गई। यह झोपड़ियों की कतारों, बाज़ार, कुएँ, स्कूल आदि के साथ एक साफ़-सुथरे व्यवस्थित गाँव सा लग रहा था। लेकिन वहाँ एक भी आदमी नज़र नहीं आ रहा था। ऐसा लग रहा था कि किसी जल्दबाज़ी में सारे लोग वहाँ से निकल गए हों। झोंपड़ियों के दरवाज़े अधखुले पड़े थे और दुकानें सामानों से भरी हुई थीं। मैं पूरे दिन वहाँ घूमता रहा। जब शाम हुई तब मुझे एहसास हुआ कि यह तो 'हमारा' वही गाँव था जो नक्शे से ग़ायब हो गया था।

तभी मुझे गाँव का पहला निवासी नज़र आया। क़ब्रगाह के किनारे एक ख़ामोश, सिरविहीन आकृति टहल रही थी। मैं वहीं जमकर खड़ा रह गया। कुछ अन्य आकृतियाँ उस आकृति के पीछे चल रही थीं। वे मेरी उपस्थिति से बेख़बर लग रहे थे।

मैंने वहाँ से बाहर निकलने की कोशिश की, लेकिन महसूस किया

कि अब पूरी जगह इन सिरहीन, ख़ामोश शरीरों से भरी हुई है जो सड़कों पर भटक रहे हैं। उनमें से ज़्यादातर क़ब्रगाह के आसपास जमा हो गए थे।

तुम सही थी, राइमा। यही वह गाँव था जहाँ कुछ साल पहले एक जानलेवा बीमारी फैल गई थी। अज्ञात का भय हमेशा से मनुष्यों को अपने भीतर के सबसे घातक शैतानों को बाहर निकालने के लिए प्रेरित करता रहा है। जब लगने लगा कि इस वायरस पर नियंत्रण का कोई उपाय नहीं है तो आस-पास के इलाक़ों के लोगों ने इस पूरे गाँव को बंद कर दिया। किसी को भी इस जगह से बाहर निकलने की इजाज़त नहीं थी। कई लोग बीमारी से मौत के शिकार हो गए। उसके बाद से वे उसी जगह पर भटक रहे हैं जहाँ उनकी मौत हुई थी।

क्या तुम्हें हैरानी हो रही है कि वे क़ब्रगाह के आसपास ही अधिक इकट्ठे क्यों हो रहे थे? इसलिए, कि उन्हें ज़िंदा दफना दिया गया, या उनके बीमार होने से पहले ही उन्हें जला दिया गया। जीवित लोग महामारी से इतने भयभीत थे कि वे बिना किसी दया या कृपा के बीमार लोगों से बस छुटकारा पा लेना चाहते थे। जब बाहरी दुनिया ने उनके लिए दरवाज़े बंद कर दिए तो वे हमेशा के लिए यहीं रह गए।

मैं यह सब इसलिए जानता हूँ क्योंकि मैंने महसूस किया है कि एक बार आप इस जगह के अंदर आ गए तो आप कभी बाहर नहीं जा सकते। यह पूरा इलाक़ा हमेशा के लिए अलग-थलग पड़े रहने के लिए अभिशप्त है। वे चाहते हैं कि लोग उन्हें सुनें, इसलिए तुम ''क्वारंटाइन ज़ोन' में क़दम रखे बिना भी उन्हें सुन सकी थी। जब तक तुम यहाँ पहुँचोगी, मैं भी उनमें से एक बन चुका होऊँगा सड़कों पर भटकता हुआ, ख़ामोश और सिरविहीन। परित्यक्त!

तुम सही हो। काफ़ी देर हो चुकी है।

ज़ुबैर

झोटिंग की विशेषताएँ

- शांत, हानिरहित भूत जो उन स्थानों पर भटकते रहते हैं जहाँ उनकी मृत्यु हुई थी।
- पतले हाथ-पैर और धड़ के साथ सिररहित शरीर।
- जब कर्वी या कोली जाति के लोग या मुस्लिम समुदाय के किसी व्यक्ति की अप्राकृतिक मृत्यु होती है तो वे इस भूत में परिणत हो जाते हैं।
- कोंकण क्षेत्र में इनके क़िस्से सुने जाते हैं।

●●●